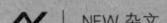
NEW 杂文

陆春祥 著　蔡志忠 漫画插图

上海锦绣文章出版社
上海故事会文化传媒有限公司

**陆春祥**

笔名陆布衣等。中国作协会员，国家一级作家，杭州日报编委。已出杂文集《新世说》、《病了的字母》、《新子不语》等8种。作品曾获浙江省优秀文学作品奖、上海市优秀文学作品奖、中国报纸副刊作品金奖、第五届鲁迅文学奖等。

# 目 录

序言——噗嗤 / 006

**科评第一** / 001

贺年 / 003
0447 / 004
"安全期" / 005
般若 / 006
不敢发表的故事 / 007
公鸡孵蛋 / 008
和尚相亲 / 009
肚子大了 / 010
凤凰就是鸡 / 012
为何不姓李 / 013
贺岁片 / 014
候选驴 / 015
"基层上" / 016
和尚行贿 / 017
举报"红灯区" / 018
埋伏笔 / 020
崔光拍马 / 022
母乳的好处 / 023

老爸姓"堵" / 024
梁启超证婚 / 026
"青蛙肉" / 027
求分咒语 / 028
烧冲锋枪 / 029
"首长随行" / 030
宋公明泡妞 / 031
小三提高班 / 032
"新华社"消息 / 033
新酒歌 / 034
"黄羊走秀" / 035
"一心一意搞奶牛" / 036
"张的洞" / 038
张艺谋财 / 039
着急了你就飞过去 / 041
取暖秘方 / 042
措大言志 / 043
萨科齐导戏 / 044
开会影响智力 / 045
狗频道 / 046
阉割的代价 / 047

风住在什么地方？/ 048　　剑池水 / 073
　　　　　　　　　　　　进军阿里 / 074
**宾白第二** / 049　　　　捐款太少 / 075
"2"时代 / 051　　　　　免费瘦脸 / 076
一把手问题 / 052　　　　窥臀记 / 077
600双袜子 / 054　　　　劳动节悖论 / 078
女凹男凸 / 056　　　　　老僧植树遇讼 / 079
百姓取名 / 057　　　　　老外考驾照 / 080
毕业典礼 / 058　　　　　李T-bag / 081
不认识碗里的菜 / 060　　这个同志不错嘛！/ 082
柴田丰 / 061　　　　　　老吾老 / 084
"超级宝宝" / 062　　　 女明星减肥食谱 / 085
城里的鸟儿 / 063　　　　欧巴马 / 087
春花之死 / 064　　　　　巧妙的垃圾箱 / 088
打卡器事件 / 066　　　　圈"座"运动 / 089
公开课 / 067　　　　　　沙漠的沙 / 090
狗男女 / 068　　　　　　生活遗存 / 091
故宫的别字 / 069　　　　"四大名旦" / 092
国语广州话 / 070　　　　文盲人口 / 094
和外国人说话 / 071　　　乌鸦的报复 / 095
黑熊推销员 / 072　　　　香港黄大仙 / 097

小气林语堂 / 098
兄弟 / 099
宣发 / 100
一根扁担 / 101
镇嘴之物 / 102
"职业粉丝" / 103
卓越男士征婚 / 104
子见南子 / 105
"做寿不会使人长寿" / 107
小布什"笼中讲话" / 108
章叔良缝衣襟 / 109
戴鹊 / 110
落叶 / 111
贪官培根 / 112
标语洗脸 / 113
唐太宗拒出文集 / 114
步六孤 / 115
绿帽子 / 116

**皮黄第三** / 117
"1°" / 119
"刘但青" / 121
柏林墙 / 122
保镖协议 / 124
"抄50亿遍课文" / 125
尺棰取半 / 126
歌咏比赛 / 127
合影 / 128
档案 / 129
倒霉的"法海" / 130
邓肯之死 / 132
杜克卖香烟 / 133
"额头上有个疱" / 134
猴脑剪 / 135
后门 / 136
"划车事件" / 137
痛哭加分 / 139
奖状情结 / 140
节节节 / 141
经验 / 143
满分作文 / 144
母亲节套餐 / 145

"墓"光城 / 146
礼仪操 / 147
李绅和严嵩 / 148
牛津（经）大学 / 149
农村无剩女 / 151
跑线记者 / 152
屏里创新 / 153
奇妙招聘 / 154
乔迁宴 / 155
三不宝 / 156
和尚二跪 / 157
推举酒 / 159
外国也不见得都好嘛 / 160
威尼斯葬礼 / 161
羡慕 / 162
新"冉阿让" / 163
新贿选 / 164
胡适的天赋 / 165
原子弹特等奖 / 166
曾国藩观人 / 167
纸糊的高帽子 / 169

宗教式规则 / 170
福岛阿童木 / 171
名誉头街 / 172
散八股 / 173
伊芙拍裸照 / 174
向怒蛙敬礼 / 175
匠无后人 / 176
捋髭税 / 177

**乱弹第四** / 179
顺口溜 / 181
IMF 扶贫 / 182
安排性调研 / 183
稗沙门 / 185
野猪的花边新闻 / 186
《2012》和哥本哈根 / 187
长邮箱 / 189
程序性问候 / 190
粗具规模 / 191
骗鬼 / 192
高稿酬 / 193

| | |
|---|---|
| 恭喜体 / 194 | 送你一个吻 / 218 |
| 广告植入 / 195 | 贪官指标 / 219 |
| 道德罚款 / 196 | 刑期怎么算？/ 220 |
| 面包的属性 / 197 | 选举 / 221 |
| 尴尬的"流氓" / 199 | 意见箱 / 222 |
| 红名单 / 200 | "高档"臆想 / 223 |
| 后厨小黑板 / 201 | 与神谈判 / 224 |
| 公鸡生蛋 / 202 | 这个酒里有小便？/ 226 |
| 鸡棚标语 / 203 | "争先创优"联谊会 / 227 |
| 姜文的江湖 / 204 | 治庸办 / 228 |
| 骗子的智商 / 205 | 猪们为什么摔断了腿？/ 229 |
| 领导签字规则 / 206 | 武夷山的胖鱼 / 230 |
| 卢展工求职 / 207 | 摆果闻香 / 231 |
| 律师的想法 / 208 | 梁天开店 / 232 |
| 毛泽东1957年的理想 / 209 | 小确幸 / 233 |
| 脑子进水 / 210 | 埃斯库罗斯之死 / 234 |
| 李咏的玩笑 / 211 | 泡妞宣言 / 235 |
| 任务诉苦 / 213 | 一枚铜钱的血案 / 236 |
| "少儿政府" / 214 | 洪秀全的太平 / 237 |
| 屎票和尿票 / 216 | |
| 思我则嚏 / 217 | **后记——焰段 ABC** / 239 |

## 序：噗嗤

噗嗤。

噗嗤。

噗嗤。

噗——嗤……

一根火柴，噗嗤着燃烧结束；

一段故事，噗嗤着阅读完毕。

噗嗤针刺！

文心雕虫！

焰段

艳段……

# 科诨第一

前不见古人，
后不见来者。
有位佳人，
在水中央。
念天地之悠悠，
全凭俺俩扯淡。

## 贺年

贺年作为一种礼节,习之久矣。

说前清时,各巡抚署之执帖者,大概相当于今天的秘书,这种级别不高的也会得到各县的例规,因为他们要代各县往上送贺节的手本。说是苏州抚署之执帖只代奉贤、上海、金坛、元和、宝山五县递贺节手本,他县不得加入。为什么有钱不要呢?盖取五县首一字"奉上金元宝",大大吉啊。

公开索要,还挑剔,只要金元宝,农副产品统统不要!秘书的牛逼看来有传统,贴身秘书更甚。只因大家皆深知利害的牛鼻子,心照不宣罢了!

# 0447

前两天，高速交警小W说了件挺有趣的事。

他当班，查到一辆没装牌照的小车。询问时，车主说是新车，还没办牌照，但里程表显示已开一万多公里。继续问，车主又说，这几天大雨，车牌被水冲走了。按规定，没有牌照又无法证明车牌去向的，一律扣。车主这下慌了，从后备厢里拿出一副××0447号的全新车牌，满脸无奈：为了这个牌，老婆要和我离婚！她说，全世界的车牌都可选，这个不行，我们上海话0447，就是轮死死妻，你是不是不想我活了？

无牌车上路，总要被查到的，这回，罚200元，扣6分。

0447，为什么不可以侬发发吃（七）？或者动（洞）发发吃（七）？不动不发，一动就发，一发再发，还有的吃（七）？你是毒药，我是美食，有时换个角度想想，天空就不一样了！

# "安全期"

今天上班,听交通广播91.8频道,刚好小马在说交通。

小马说,昨天晚上九点,交警又捉到一个酒驾。这个司机是这样向交警解释的:我以为你们一般是七点、十一点查的,七点嘛是饭后,十一点嘛是酒吧出来的多,你们今天怎么这个时候查啊,这个时候不是"安全期"吗?

小马于是评论:安全期,亏他想得出,就是女同胞的安全期也不一定安全啊!

# 般若

《东坡志林》中,东坡这样调侃出家人,僧人把酒叫做"般若汤"。有点意思,酒嘛,不就是像汤一样的东西吗?现今人们觥筹交错的时候,往往喊着口号比划:酒嘛,水嘛,醉嘛,睡嘛。太对了,酒就是水做成的啊,瘾头上来了,把它看作水,看作汤,"般若"一下就咕嘟下去了。

昨天有则新闻说,排名世界第一的沃顿商学院,录取了中国内地第一位高中生。这个学生很厉害,小学六年级就开始炒外汇了。学生名叫周般若。周爸爸或者是周爷爷肯定知道"般若"什么意思,想不到"般若"这么牛。

查一下,"般若"原来是梵语的音译,意思是如实了解一切事物的智慧。

难怪,般若了,就会对一切事物如实了解。因此,酒可以叫做般若汤,不是像汤,而是说喝了般若汤,就会般若了。般若也被最牛大学录取了。

好极了,般若。

# 不敢发表的故事

昨天我们开笔会的时候，一位作者对我说："我的一则小故事被一家刊物枪毙了，他们的主编认为题材太敏感。"我忙问讲的什么。他于是简单介绍了故事的梗概：一老板和小蜜进餐时，小蜜只顾逗她的叭儿狗。老板抱怨说，我还没你的狗好。小蜜嗔怪道，我的狗很值钱的，要一万多元呢。老板不服气：这算什么，我的狗比你值钱多了。小蜜不信，老板拿起手机一阵大叫，几分钟后，当地某市长气喘吁吁赶到，连忙向老板和小蜜敬酒，老板又吩咐市长亲亲她女朋友心爱的小狗。之后市长抱歉道：我还有一个重要会议，先走了。市长走后，小蜜问老板：你的比我值钱的狗呢？老板笑答：刚才不是来过了吗？

我们几位笔友听后兴致大增，接着话题就展开讨论。大家七嘴八舌提了好几个修改建议，比如将市长写成原先就是个贪官以作铺垫，比如将市长级别降低改成乡长，改来改去，都说没味道了，于是只好和这位作者一起叹息：那就算了吧，别惹事了。

# 公鸡孵蛋

到过澳大利亚的企鹅岛。晚归的基本上是雌企鹅，那些雄企鹅则带着小企鹅伸着头在等妈妈。也就是说，那些雄企鹅是负责孵蛋的，负责后代的养育。

除此以外，在我有限的知识里，好像没有什么雄性的会干这样的活。

也有例外。1958年，新华社曾经报道说，陕西蒲城县林吉村农业社社员已经试验由公鸡孵小鸡成功。

试验的方法是：割去公鸡的生殖器，用两杯酒把它灌醉，在醉酒期间，让醉鸡去孵小鸡。这样经过三天后，公鸡就不离蛋了。可以一直把小鸡孵出、养护到大。也有少数公鸡在酒醒后不愿孵蛋，需要再灌上两杯酒。不但如此，公鸡代替母鸡孵小鸡还有许多好处：不影响母鸡下蛋；公鸡毛厚个子大，孵得多，成活率高；因为公鸡割去了生殖器，会使公鸡发育胖大、膘厚肉肥。

都说酒后乱性，醉酒后，什么事都干得出来，畜生也不例外啊。

# 和尚相亲

中国和尚不可能相亲，即便喝酒吃肉也要被骂为花和尚的。据说，日本和尚可以，大大地可以。日本的低出生率和人口老龄化也严重影响了各大寺庙。为解决寺庙继承问题，日本僧侣开始参加相亲会，以图结婚生子增加继任者。

日本人真的是很聪明，将佛教也学得完全职业化，僧人就是一种职业而已。靠信仰支撑的佛教，在世界各地发展得如此多形式，想必也是文化的作用。从另一个角度考虑，代代相传的僧侣家族和家庭，极有可能会比单一中途出家来得更科学呢！

# 肚子大了

P城这个不大的山城，这两天被一个"桃色"新闻搅得沸沸扬扬。主要新闻事实是：一初中女生生了一对龙凤胎。

城南片版本：女孩十四岁，人长得高大，漂亮，很讨人喜欢。她特别爱慕英俊的体育老师，那老师刚毕业不久，一来二去，就做下这等荒唐事。

城北片版本：女生是二中的，怀孕后一直看不出肚皮。那天上课，肚皮痛得满地打滚，同学老师手忙脚乱把她弄到医务室，校医一看方才露了馅。听说是一对龙凤胎呢，两个加起来有十多斤。

城西片则流传着这样的版本：女

生发育早,成绩一点都不好,却是个恋爱高手。据说那双胞胎的"爸爸"也只有十五岁,最近因为在商店里用假币,被派出所抓了,一审,他就招了这事,说是没想到会生孩子。

教委和公安于是联合调查"双胞胎"事件。

结果是:某校有个女生过生日,和几个男孩在饭店庆祝,男生要灌女生酒,女生不想喝,就说,再喝我肚子就大了。那老板是个好事者,别的没听见,就听到"肚子大了"四个字,于是,一传十,十传百,版本越来越多,就有了"初中女生生龙凤胎"的新闻。

# 凤凰就是鸡

昨天聚餐,上了好几道鸡材料的冷菜:凤爪,凤翅,凤腿。有人开玩笑了,怎么都是凤凰啊,真奢侈。大家都笑了,还真是这么回事,凤爪不就是鸡爪吗?凤翅不就是鸡翅吗?凤腿不就是鸡腿吗?

还有呢。鸡窝里飞出金凤凰,就是说,金凤凰是鸡们中的顶尖鸡材,出类拔萃的;凤凰落架不如鸡,就是说你不成功连鸡都不让你做。

有人这样说,如果你成功了,最后总结的时候,狗屁都是战略,如果你失败了,什么战略都是狗屁。凤凰就是鸡嘛!

# 为何不姓李

《水浒传》第二十九回，那武松受了施恩的惠，决意要为他报下仇。一路假醉佯颠，寻到快活林。

三翻两次挑剔之后，终于吃到了"有些意思"的酒。武老二边吃边问：小二，你家主人姓甚么？酒保答：姓蒋。武二道：为什么不姓李？

连蒋门神的女人都听出来了，这厮一定是来吃醉寻事的。的确，武二是去寻事的。

蒋门神，你为什么不姓李呢？你如果姓李了，我就不打你噢。不敢打呢？说不定你爸就是李刚哎，我会吃不了兜着走的。我怕。为了施恩，我也怕怕！

你家主人姓什么不好，偏要姓蒋？真是的！这不是讨打嘛！

# 贺岁片

2010年底,三大巨头导演各有新作献演。

姜文,《让子弹飞》;

冯小刚,《非诚勿扰2》;

陈凯歌,《赵氏孤儿》。

昨天,我在网上看到这样的微型影评:现在的男人们啊,白天是非诚勿扰,晚上是让子弹飞,结果有了很多的"肇事"孤儿。

挺逗。网民的智慧有时候就在荒诞和不经意间一针见血!

# 候选驴

英国《每日邮报》2011年9月28日报道，保加利亚东北部瓦尔纳市的新保加利亚党日前推出一头驴作为代表该党的候选人竞选市长。他们的理由是，这头驴不偷不抢、不撒谎、不索要回扣以及坚持原则，而且努力工作。

执政市长如果想继续当选，他必须和该驴同台竞争，所以这一招很毒，至少一石三鸟：他赢不了驴，他不如畜生；他赢了驴，他胜过畜生；他与驴打成平手，他和畜生差不多。

该候选驴所具备的优势，一般的人都很难企及。人不如畜生，西方的民主有时真的很幽默，而且是带笑味的冷幽默。

# 「基层上」

这是我仿"下基层"造出来的一个词。

各地车改,出现了好现象:不该去的基层不去了,因为要用自己的车,不合算;不该喝的酒不喝了,因为要开车,开车不喝酒嘛。但又出现了一个新现象:基层还要有关部门办事啊,有些酒必须要喝啊。于是乎,基层就上来了,到城里来请客,你们不下来,那我们上来,到城里公关,不仅年关要公关,平时也要公关。于是,"下基层"变成了"基层上"。

这真是让人始料不及的新动向。根子在哪里呢?有庙嘛,就得有和尚,有和尚嘛,就得要念经,各司其职,其乐也融融。至于念的什么经,听得懂听不懂,那是没有关系的,但上香供奉,却是庙里必需的功课。

# 和尚行贿

我们单位请了市里的纪委书记讲廉政。他的课生动极了，有许多我没有听到过的例子。

某县一和尚要建个庙，抱着五万块钱去找宗教局长审批，宗教局长笑咪咪收下钱并给他出主意说，我说了还不算，你还要去找下管统战的领导，和尚于是如法炮制。

几年后，和尚还俗，朋友开玩笑说，你发财了吧，有什么经验？和尚很世故地讲，也没有什么，就两条经验：一要坚持党的领导，二要摆平党的干部。朋友一听这话，觉悟蛮高，就去举报，你想想，和尚能和什么部门有关系？纪委一查，果真。

纪委再按这个套路想，既然这个地方宗教局长有问题，那些庙多的地方，宗教局长会不会也有问题呢？Z地是个著名佛教风景名胜区，有数十家寺庙，一查，一宗教局长果然也犯事，他的主要做法是，每年将各个庙里的主持轮流换一遍，每次都可收不少钱。

呵呵，连寺庙也不清静呢！

# 举报"红灯区"

某天候机,布衣在浏览手机新闻时发现了一个"举报红灯区"的有趣帖子。

某人举报:杭州这地方怎么这么多红灯区啊,以前我住东站有,现在住滨江浦沿,这里也有很多,警察为什么不抓呢?

第一个顶帖就开骂了:你给我好好打工,别老是举报。你们这些个别的外地人,(布衣批:这个发帖者很有政策水平,用词严谨)抢劫什么的不是比红灯区更严重吗?人家辛苦赚来的钱就这样被抢了,有没有良心啊?建议打击外地人!(布衣批:这个不对)

第二个顶帖者骂得更厉害:干嘛举报?不喜欢滚出浙江。没人逼你去红灯区,可人家要去的。(布衣批:这个思想有点问题,估计有私心)你怎么这么恶毒啊,枪毙算了!

第三个顶帖者开始教育他了:红灯区每个国家都是

要的,只是中国没有合法化。(布衣批:有点以偏概全)

第四个顶帖者开始讲道理了:她们对维护社会稳定起了巨大的作用。(布衣批:绝对歪理)

第五:提高了就业率,减少了强奸犯。(布衣批:还是一种歪理)

第六:警察一抓严,强奸案就多发。我们应该体谅那些MM。(布衣批:没有必然联系,但后一句闪现着人性的光辉)

第七:警察和那些MM的老大是一伙的,要不他们吃什么?(布衣批:这是严重不负责任,简直就是污蔑,建议网警查他的IP地址,起码也要警告一下)

——

后面很是热闹,也有点乱七八糟,有的语句已经很敏感,布衣用括注也无法解决,到此为止吧。

# 埋伏笔

多年在领导身边工作的某朋友,和我说起他的为文经一套一套的:

"领导的文稿说难写就难写,说不难写就不难写,他的一个诀窍是'埋伏笔'。

他往往会弄几个明显的错误,比如数字,比如地名人名,常规的提法,总之,是要领导能一眼就看出的错误,说白了,你要留给他改动的地方。至于整篇文章的立意、结构什么的,你一定要让他满意,大框架如果不满意,那你就做不长了。"

我说,这又不是你的发明,先前

老早就有人干的。据说，有人看过原本的《四库全书》，常在每本的起首处发现了明显的错误，原来那是留给皇帝的，为了他"御览"时省事，用不着细读马上就能发现错误，既说明皇帝圣明，也便于改正。

我和朋友说，你要小心的，万一领导那天没工夫看，第二天照着念，那不闹笑话了！因为皇帝没有翻，就算"御览"过了，你们哪个还敢再动手脚，只能随他错下去了。

如果不小心，伏笔把自己给埋进去的事情，应该是屡见不鲜的。

## 崔光拍马

北魏孝文帝为皇子们分别取名为恂、愉、悦、怿，大臣崔光则为儿子们取名为劼、勖、勉。孝文帝说：我儿子名字旁都有心，你儿子名字旁都有力。崔光说：这就是所谓的"君子劳心，小人劳力"啊！

崔光为儿子取名好像就为了等孝文帝这个问，但马屁真是拍到了点子上。幸亏《左传》里有这样的话，否则，崔光只能如此表态了："皇上您是思想者，我们都是为您干体力活的啊！"

无论有意或是巧合，姓名中都包含着深深的文化内涵。

## 母乳的好处

听一位实习生讲他们同学答题的事,很有趣,权当笑话。

某医学院考试,一同学这样回答"喂食母乳的四个好处"的基础知识题:

1、不需加热;

2、不会被猫偷喝;

3、随时要喝都有;

最后一个答案想半天想不出来,再想了一会,他灵光乍现,写下了

4、容器较为美观。

该生活学活用,思路独特,他创新的学习方法彻底打破了读医科大学比较难的传统,令人兴趣盎然。

# 老爸姓「堵」

我们报纸热线昨天接到一位女士的求助电话:我女儿刚刚出生,她爸爸姓堵,想给女儿取个名字,要好听,叫得响,意义嘛就希望宝宝能开心过每一天,我们试着取了几个,都不太满意,希望热心人能够帮助我们。

记者还特别有心,从网上查到了有个堵氏家族群,加进去,群主是无锡江阴的"堵银忠"。他说,他出生的村庄叫"堵家村",全村有300多户人家姓堵。记者于是把求助发到群里,请大家帮忙。堵银忠立即号召群里160人(分布在全国各地,江阴、宜兴最多)帮忙出力。

堵氏家族群上线朋友,各展才艺——有人还不晓得是男是女,留言:响亮一点的,就叫"堵鲁门"吧！有人跟帖说，叫堵文涛，主持人，也很响的，重名不重姓。还有人说，叫堵子丹，下面有人反对，不行，和平年代，不需要什么"堵子弹"、"堵枪眼"的。接着有人写：堵子彤，下面人说，这个更不行，堵子彤，肚子痛……还有人说，叫什么不能叫"堵车"，太闹心；也不能叫"堵球"，现在国家查得多严！有个姓堵的网友，说，别闹了！他正儿八经给"小堵"取了名字，叫"堵悠娴"，与"多悠闲"谐音，让那个孩子洒脱、悠闲，快乐。

到目前为止，我还不知道那个"堵"姓小宝宝叫什么名字，不过可以放心的是，有这么多热心人，她一定会有一个不堵心的名字。

# 梁启超证婚

1926年农历七月七日,北京北海公园,这里举行了一场极具娱乐性的轰动婚礼。新郎徐志摩,新娘陆小曼,证婚人梁启超,主持胡适,参加者有许多都是在中国近代史上响当当的人物。

梁启超在大庭广众之下发表了惊心动魄的证婚词:"徐志摩,你这个人用情不专,以致离婚再娶……陆小曼,你要认真做人,你今后不可以妨害徐志摩的事业……你们两人都是过来人,离过婚又重新结婚,都是用情不专。以后要痛自悔悟,重新做人!愿你们这次是最后一次结婚!"

梁的证婚训词惊世骇俗,其实也就是实话实说。他不喜欢陆小曼,徐的父亲也不喜欢陆小曼,徐的行为他不赞成,徐又是他的学生,老师是可以经常训导学生的,包括在婚礼上。

有的时候,说真话说实话是很难的,一般人都脱不了婚礼上讲好话这个窠臼,但梁启超做到了。空前绝后。

# 「青蛙肉」

某天中午时分，A乡长宴请外地取经团的一帮客人，为活跃气氛，店老板按主人要求叫了一名"小姐"陪酒。酒桌上你来我往，小杯换大杯，加上"小姐"来事，高潮迭起。

不知喝了几小时，办公室主任到柜台结账，算来算去多了一盘青蛙肉，价钱五十元。这主任还算清醒，就问老板："我们根本就没点过青蛙肉，你凭什么给我们加上？"老板理直气壮地回答："怎么没点？这只'青蛙'足有五十公斤重，我还是看在乡政府的面子上给优惠的。"主任以为老板欺诈，遂吵了起来。

乡长听见吵闹声，歪歪斜斜扶墙出来，不问青红皂白就骂店老板，伙计灵光，打了110。几分钟后，警察赶到，查明情况，处罚了老板，公安的理由是：该饭店怂恿"小姐"陪酒，且变相收费。

# 求分咒语

期末考试后,有一"求分咒语"在网上流传。咒语很简单,只有一句话:老师给我多少分,我祝老师活多少岁。

昨天的同学会上,我拿咒语在老师中做了个态度测试,基本有三:坚决不放水;适当放水;坚决放水。不放水是因为根本不相信学生那一套小伎俩,每到考试,总会弄出一些名堂;适当放水是因为发明咒语的学生还有些创意,大家都不容易,以资鼓励;放水论则认为,他自己都不要好,为什么要强加给他呢,再说,我们都还想继续为革命做贡献呢?

有一旁观者笑说:现在工资什么的都可以协商,分数当然可以商量了!

劳什子的分数,如果统统取消,学生估计双手双脚赞成,但老师们是否适应呢?!

# 烧冲锋枪

清明节前碰到莫小米。莫说，陆春祥，说件新闻与你听，你可以写杂文的。什么事呢？今天早上我听新闻，说今年清明扫墓出现新现象，有人烧冲锋枪了。

是阴间也不太平，需要用冲锋枪防卫吗？还是现在人们影视看多了开始崇尚武力？是商人专门策划的呢？还是人们纯粹觉得好玩？

我们都笑了。一致认为，既然已经烧冲锋枪了，那不久的将来，肯定会烧其他更先进的武器，比如火箭、导弹还是原子弹什么的。

寰宇同此凉热嘛。

# 「首长随行」

某地一大型活动的开幕式上,有一块牌子引起了媒体的注意:首长随行。

这是个什么职位呢?网友们议论纷纷。

A帖子说,很明显嘛,就是首长的爱人,因为这个首长还不够报夫人的级别,于是给了个随行。

B帖子说,不对,应该是首长的秘书,因为首长年纪大了,需要随时照顾,于是给了个随行。

C帖子说,也不对,估计是首长比较亲密的人,小二小三不太可能,想给她待遇但又没有称呼,那就给个随行吧。

D帖子说,好像也不对,但实在想不出。不过,性别上可以肯定是女性,而且是年轻女性!

果然,"首长随行"席上坐着一位年轻的美女,很优雅。

唐朝的李茂贞在陕西做官时,内外掌管钥匙的人,也都是司空和太保。咱有传统,什么事情都可以因人因事而定,这叫因地制宜。

# 宋公明泡妞

台湾作家蒋勋说了一个故事：阎婆惜感激老宋帮她出钱葬父，但又不甘心大好青春被浪费，虽然有吃有穿被包养着，但仍然对他爱理不理的。

一天，老宋兴致勃勃去看小阎，她正在绣花，也不抬头看他。他于是走来走去，无话找话：大姐，你手上拿着的是什么呢？小阎白了他一眼说：杯子啊！老宋不解：明明是鞋子，怎么说是杯子呢？小阎反问他：你明明知道，为什么还要问？

老宋再找话题：大姐啊，你大白天都在做什么呢？小阎回答说：我干什么？我左手拿了一个蒜瓣，右手拿一杯凉水，我咬一口蒜瓣喝一口凉水，咬一口蒜瓣喝一口凉水，从东边走到西边，从西边走到东边！

宋公明这样的正人君子，显然不知道如何哄小蜜开心。

虽然蒋勋的转述有夸张的成分，但我认为情节绝对真实。

小阎注定要出轨，老宋注定受不了她的出轨。

杀小阎是必然的，他的正直被唯一一次泡妞给弄坏了。

# 小三提高班

作家叶兆言做客我们报纸，谈到他新作《苏珊的微笑》时挺有意思。

他说，他在电视上看到一个女人在讲她的情感故事，过几天这个女人忽然死了，于是他就把这个故事写成了小说。出版社是这样推广的："大房与小三之争，新时代的《妻妾成群》"、"没有打不败的小三，只有不努力的原配！保卫婚姻全攻略！"刚好这个时候全国都在热播电视剧《蜗居》，他顺理成章地变成"小三"问题专家了。

于是，在很多场合，他都会被追着问"小三"的话题，问得他特别敏感："我和女儿散步，走到一个地方看到挂着'小三提高班'的牌子，一下子愣住了，后来才明白，这个'小三'指的是'小学三年级'。"

"小三"和以前听到过的"怀胎"相声有得一拼，淮南轮胎厂，简称"淮胎"。只是"怀胎"纯粹是利用中国语言文字搞笑，而"小三"则事涉道德和法律。

# "新华社"消息

日前贺年，收到这样一条号称"新华社"的短信。

成功人士必备"五个一工程"：一是跟定一位智慧领导，解决路线问题；二是培养一批能干的下属，解决业绩问题；三是选择一群铁杆兄弟，解决人脉问题；四是教育一个懂事的家属，解决后院问题；五是寻找一位异性知己，解决情感问题。

我虽不是新华社的，但知道新华社绝对不会发这样的消息，一定是假冒的。可是挺有趣。前三条是当前社会某些现象活生生的写照，第四条模棱两可，因为家属懂事，就不会生事，就成了贤内助廉内助，第五条有点生活作风问题，解决情感问题，是不是包二奶？或者是情人？有关部门已经总结了，现在的贪官99%有情人。

真的是有情的情人？恐怕不一定，大部分是遵循"权力是最好的催情剂"式的情人，不要怪那些女子无情，事实就是这样！

# 新酒歌

我也要参加一些酒会,下面这些是听得比较多的酒段子。

一、酒嘛,水嘛;醉嘛,睡嘛。钱嘛,纸嘛;花嘛,挣嘛。

二、少喝酒,多吃菜,够不着,站起来。人劝酒,别理睬。长计议,养身体。吃不了,带回来,自家用,省得买。喝多了,也回来。

三、公关公关,无酒不沾;友谊友谊,酒来垫底。

四、中午别喝醉,下午要开会;晚上要喝少,老婆还得找。

五、兴也罢衰也罢,生也罢死也罢,喝罢;穷也罢富也罢,荣也罢辱也罢,醉罢。

# 「黄羊走秀」

四川南江县因黄羊而出名。让人不解的是，国家连续十年投入数千万资金后，计划生产百万只羊的南江，如今却难得见到羊。

然而，上级领导的眼里，南江依然是养羊大县。因为，这里出现了黄羊"打工"、"走秀"的新创举。怎么解释？就是哪里有领导，就把黄羊赶到哪里去，领导换个地方视察，又把羊赶到另一个地方，等待领导来视察。此所谓"羊不停蹄"。

上有所好，下必甚焉。"下"也有苦衷，苦衷有二：一是贫穷的地方很难出政绩，没政绩你还想干好？二是做假可以有好处，羊多国家扶持就多。只是辛苦了那些黄羊，不过没关系，畜生们不用太怜惜的，反正也是杀了吃肉的命！

## "一心一意"搞奶牛

《呼和浩特日报》的张总很热情,他还叫上和林格尔县的宣传部常委白部长,我们一行人,很仔细地考察了蒙牛基地。我拿着相机,不断地拍它的口号。

牛根生把口号都变成了标语牌,挂在办公楼、销售部、生产车间、食堂和公寓的周围。

现金为王。老市场寸土不让,新市场寸土必争。太阳光大,父母恩大,君子量大,小人气大。从最不满意的客户身上,学到的东西最多。如果你有智慧,请你拿出来;如果你缺少智慧,请你流汗;如果你既缺少智慧,又不愿意流汗,请你离开。如果你打算剩饭,请不要在这里就餐。勉强成习惯,习惯成自然。

思路决定出路，布局决定结局，吨位决定座位，心态决定状态，脑袋决定口袋，心胸决定功勋。

这些口号就像牛根生演讲时的手势和面部表情一样丰富多彩。

一片草地上，我们一行人选好位置，拍照留念。摄影师大叫，哎，背后这块标语牌很有意思呢，我们立马转身，只见"一心一意搞奶牛，聚精会神做雪糕"很神气地挺立着。

有意思，对蒙牛来说，把奶牛搞好了，什么都有了，一定得一心一意搞，半心半意绝对不行，雪糕是蒙牛推出的副产品，我们参观完毕，公司接待方很热情地每人发了一支尝尝。

# 「张的洞」

弄了个噱头,"之"就是"的"嘛,我把"张之洞"改成"张的洞",是因为对他的下属来说,他就像那深夜张开的无底大洞,深不可测,还会害人。

因为张的洞是个十足的夜猫子。他一般是下午两点睡觉,晚上十点办公。下属有事情,只能半夜来请示,见不到的,就要等第二天了。他升任山西巡抚后,又改成凌晨一点半起床,三点办公,早上七点接见下级官员。一些体弱多病的官员吃苦头了。黄绍箕,张的侄女婿,也是张的门生和幕僚,张很喜欢晚上和他聊天,一聊一整夜,而且揪住不放,黄熬不得夜,熬来熬去,最后眼睛一闭,掉进了张的洞,死了。

谁官大谁就是老大。他的熬夜其实也在熬别人,这样一个不顾下属官员死活的高级官员,居然官运一直亨通。

## 张艺谋财

2009年岁末,张艺谋推出了《三枪拍案惊奇》。

张导这回找的是赵本山的班底,所以注定了是一部搞笑剧。

张艺谋财,财有几何?他们自己说,已经有两个亿的票房了。

元旦过后,我就收到了这样的短信:

　　　　张艺谋财。

　　　　孙红雷人。

　　　　小沈阳萎。

　　　　赵本山寨。

你说这样的短信流传有多快?它简直就像病毒。昨天(2010年1月10日),北京书展上,王蒙先生在他的新书《庄子的享受》发布会上,对着记者侃侃而谈。当被问到"忽悠"、"雷人"这样的时尚语言是从哪里学来的,他说:"我还活着嘛!我也上网,有小朋友,还向孙子学习,还有,我还经常收到搞笑的短信呢。"王老先生于是当场背了一条经典的:"张艺谋财,孙红雷人,小沈阳(此处略去一字),赵本山寨!"一下爆笑全场。看到在场那么多记者,老爷子又急了后悔了,说:"哎,这个小沈阳啥的那条可不能泄露,否则我……拼了,往你们家塞50个蟑螂!"

# 着急了你就飞过去

今日开车上高架,仍然蜗行。

百无聊赖之际,眼前一亮,嘿,前面别克车的屁股上有一句话逗我玩呢:着急了你就飞过去——

后面的先生,或者女士,要着急你就先飞过去吧,我呢,不急,慢慢来。

2010年,中国的汽车生产了1800万辆。

2010年底,首都正式开始治堵。

2010年,杭州的机动车保有量排全国第六。

专家很认真地告诉我们,真正的大堵车时代还没有到来呢!

# 取暖秘方

《列子》里的宋国那位老农，很朴素，时常穿着麻絮衣服过冬。

春天的时候，他在田间劳动，自己被太阳晒着，觉得暖和极了，根本不知道世界上还有高楼大厦、温室暖舍，不知道除了麻絮还有丝绵和狐裘。

老农对妻子说：晒着太阳，身上暖和，世界上还没有人知道咱这取暖的方法吧？咱们把它献给国君，说不定还会得到重奖呢！

有时候，笨拙和纯真往往能很好地刻画人物的心灵。物欲社会，欲壑难填，和宋国老农相比，现代人似乎还应更从容一些。

# 措大言志

苏东坡讲过"措大言志"的故事。措大这里是指贫寒的读书人，似有轻慢之意，但我认为苏东坡并不是看不起他们，而是借此表明一种观点。

甲措大和乙措大一起言志。甲说：我平生不足的只有饭吃不饱和觉睡不够，他日得志，我一定吃饱了便睡，睡醒了便吃。乙说：我的志向和老兄不一样，我是吃饱了还吃，哪里还有时间睡觉呢？

苏东坡想表达什么呢？人是很容易满足的，人应该过一种简单而朴实的生活，把欲望降到最低限度。但人又是最不容易满足的，可以想见的是，两措大得志后，是不是还会这样天真呢？基本不可能的！

# 萨科齐导戏

被人追着捧着的感觉一定很好。俗人喜欢这样，法国前总统萨科齐也不能免俗。

2012年2月2日，萨总到巴黎以南的一处建筑工地视察，刚一露面，场面就热烈而融融：成群的黑人建筑工簇拥着他，工人们表情灿烂，神情自然，还不时和萨总开着玩笑。事后，工地经理透露，这是总统府蓄意制造的，半数以上工人都是雇来的"临时演员"。

政治秀所要表达的意思很明确，那就是萨总在工人中受欢迎，在黑人中更受爱戴，萨总很随和，萨总很亲民。有媒体噱称，萨总足以荣获"奥斯卡最佳导演奖"！

其实，大家心里都有数，有时候，我们是见不到一些事情真相的，即使事情明明白白在发生着，即使场面热烈而生动，也不见得都是真的。

# 开会影响智力

美国弗吉尼亚理工学院最近一项研究发现，开会确实会令人智力下降。

与会者为表现自己及保持社交形象，分散了太多的脑力，导致焦虑；开会还会使团队成员都变蠢。

我们从小就学会开会了，几乎是从幼儿园开始。

开会干些什么呢？开会就是开会，你要听人家说话，你还要自己说话。最痛苦的是那些每天都要说的人，有许多每天还不止说一次，要好几次。于是，会开多了，大脑就愈来愈迟钝，他都不会自己说了，只会念人家给他说的。

美国人这项研究成果极其重要，应该引起那些热衷开会人足够的重视。从道德层面说，自己变傻了还是你自己的事，千万不要把别人也害傻了。

# 狗频道

每天在家几小时的狗狗极容易孤单无聊，有的还会患上"分离焦虑症"，出现行为问题。

于是，美国圣迭戈电视台很新潮地为"狗"们推出了一个频道。

节目内容简单，比如播放一群小狗玩球的画面，让狗兴奋起来，或者播放小狗睡觉的画面，让狗平静下来，还有的节目是从狗视角出发，拍摄车窗外的景色。

我猜测，全世界狗的数量可能仅次于人的数量，只听说有人频道，而没听说狗频道。圣迭戈电视台的创新是不用说的了，更主要的是，这样一件既充分体现人文关怀，又估计有经济效益（我断定人们会关注，狗出问题也是不得了的事）的美事，居然才有人想到。

人类如果只关注自身，那就别梦想在这个地球上混得很自在呢！

# 阉割的代价

五代十国时，南汉王朝第四代后主刘鋹，有一个空前绝后的创意：凡是想做官的人都要阉割。他的理由是：割掉了，就没有私心，就会为国家尽忠了。

他专门设"蚕室"（阉割室），群臣中凡是被认为有才华的可用之人，必须先割再任命官职。即使新科状元、进士金榜题名后也要先挨一刀，否则不任用。这样的结果是，他的高祖刘陟时期，太监不过三百人，而到他统治的末期，岭南小朝廷的太监多达两万多人。

我还没有看到不愿阉割（不愿做官）而丧命的处罚，也就是说，阉割虽有残忍的被迫性，却也透着明显的主动。奇耻大辱，耀武扬威，两害相较取其轻，还是做官好啊，也许这正是刘鋹击中人们命脉的地方。

# 风住在什么地方？

不管是新老版本的《西游记》，孙行者都免不了要去借风和雨。风和雨就在龙王的手心里，只要他挥挥手，风雨就来了。

《大集经》里有极具趣味的对话。

问：风住在什么地方呢？

答：风住在虚空那里。

再问：虚空又住在哪里呢？

再答：虚空住在至处。

三问：至处又住在哪里呢？

三答：至处住的地方是无法说的。为什么呢？因为至处是远离所有地方的地方，是任何东西都约束不了的地方，是任何东西也无法衡量的地方。这样的地方是找不到的，所以至处没有住的地方。

所以，有些问题是不可以追根究底的，因为它本来就没有底。底都没有，你能说清楚了？基本不可能的。

## 宾白第二

凤凰台上凤凰游,
凤去台空江自流。
举杯邀明月,
对影成三人。
人生在世不称意,
明朝散发弄扁舟!

# "2"时代

去年刚刚看了几部好电影,今年"2"就来了,不是一个,而是一群。

《喜羊羊与灰太狼 2》。《叶问 2》。《风云 2》。《非诚勿扰 2》。

据说,《新少林寺》、《新食神》、《72 家租客 2》等等续集马上会出来。

吃一道菜一定要吃反胃了,才罢。

狗尾续上貂,是狗呢还是貂呢?

"2"这个音,发起声来其实并不好听,估计是骂人话。

"2"前面再加个"6",那是杭州人骂人的话。你说人家"62",人家要和你拼命的。

可有些人就是喜欢 2。

几个 2 不要紧的,就怕进入 2 时代。

# 一把手问题

知名度很高的吕日周，在长治掀起的改革风暴曾经让人瞩目。做着山西省政协副主席的他，前两天在一篇理论文章中谈到的几个细节，让人感叹。

第一个细节。1983年他任县委书记时，30多岁，其他常委都是55岁以上。在他第一次主持讨论干部问题的常委会上，怎么启发大家发言，就是没人吭声。逼急了，一位管干部的副书记说："我们是老油条，能当县委领导这么多年，就凭着个不说话。否则，哪能过了那么多运动的关。"另一位老常委说："我们的习惯是让书记先说，听书记说，顺着书记说。你得拿主导意见。"

第二个细节。1989年他任山西一个地级市的市长时，组织上找谈话说，那个一把手，过去和谁都合作不好，你要和他搞好团结。有一次常委会研究市政府秘书长人选，事先他从当事人口中得知一把手已经同意某人任此职。当在常委会上提出某人时,吕先发了言,说某人和他曾在一个学校读书,他了解此人。一把手听说吕了解此人后,马上变了主意,说此人的任命放放以后再说。果然,一放相当长时间。后来就传出这样的话:"一把手说一不二,二把手说二不一,三把手说三道四,四把手是、是、是、是,五、六、七、八、九把手,光做笔记不张口。"

第三个细节。他任职时听说一位市委书记研究干部的"四步曲":第一步,对分管干部的副书记说:记!第二步,在常委会上对组织部长说:念!第三步,在会议结束时说:过!第四步,在市委秘书长送来的任命文件上写:发。

吕自己做过多年的一把手,从他这个多年的一把手口里说出来,想来事实不会有错。

## 600双袜子

我读大学那会儿,同舍的C同学算是个名人,因为他一下子带了十几双袜子。他的做派是,两三天换一双,基本不洗,等袜子全换完了,一起洗。那时,我们的寝室总有一股味,女同学基本不会光顾。

温州大学有个22岁张姓学生,去年带了600双袜子到学校,穿一双扔一双,而且大方地分给同学,每人分到十几双。"家里做袜子的,想要多少就有多少。"想想也是,这种袜子估计值不了多少钱,但数量肯定吓倒不少人了。马上有人上纲上线,什么"富二代",什么不知勤俭。偏偏此小张很争气。三年级的他，现在在网上卖袜子卖得红红火火，已有500多客户，请了20多人帮忙寻找货源、打包、发货。他说："货源来自全国各地，上个月就销售了150多万双袜子。还接了个南美洲单子，一次就是50万双。"他还说，他的表哥表姐也准备放弃工作，帮他打理生意。明年，他还打算招几个大学生。

　　我们的C只是一种不良的生活习惯，而小张却将袜子扔出名堂来了。看来，奢侈有时也是一位好老师。

# 女凹男凸

某风和日丽之日,到西湖边一会所与会。上得楼来,走廊极为安静,见一小洗手间门敞着,瞄了眼,门上有一个怪怪的符号,也没多想,于是闯进。

会中。有位男领导起身。领导很老练,小声询问服务生:洗手间在哪?服务生答:左转,门上带"凸"字标记的就是。

闻此对答,心中一哎呀,那个怪怪的符号肯定是个"凹"字了,那一定是个女洗手间。

幸亏没人撞见。

看来,凭经验办事有时也会让人尴尬。

# 百姓取名

看看我们老百姓是怎么取名的。

全国公民身份证号码查询服务中心数据显示：名字中含异体字"淼"的最多，全国有507006人；含"喆"字的，全国有230477人；含"堃"的人数也不少，将近10万人。此外，全国姓名中含有昇、鉅、濛、仝、甦、迺这几个字的超万人。

当然也有少的：20个异体字中，姓名中含有"逕"的人数最少，为503人；含"邨"和"勣"的人数也仅有510人、551人；含"甯"和"砦"的分别只有840人和619人。

这些字估计很多人读不准的：鉅（jù）、堃（kūn）、濛（méng）、淼（miǎo）、迺（nǎi）、昇（shēng）、陞（shēng）、甦（sū）、仝（tóng）、椏（yā）、颺（yáng）、吒（zhā）、喆（zhé）、鍾（zhōng）、邨（cūn）、勣（jì）、逕（jìng）、甯（nìng）、砦（zhài）。

名字绝对是时代的印记，这样的印记还会一直持续下去的。

宾白第二 | 057

# 毕业典礼

陆地同学大学要毕业了,辅导员邀请我去参加他们的毕业典礼,说是一个班只请一个家长,很荣幸。

典礼很隆重。天公不作美,大雨。程序却一样不能少,学生代表讲话,教师代表发言,家长发言,颁奖,省级优秀学生,名单有好几百呢。

最后,很隆重地,校长讲话了,那个气势,我一听就是校长。正讲着,一人走到校长的身旁,我以为是工作人员,给校长调话筒什么的,那个人在主席台上大声地说着话,我们起先听不清,后来听清了,意思是,他要出去,而学校保安却把大门给锁上了,保安不给他开门,他于是跑到主席台，要求出门。听众于是哗然，工作人员立即把他弄下了主席台。

校长不愧是校长，很镇静，而且，在接下来的讲话中，他针对这个学生的行为有含蓄的批评，意思是，这样没有涵养的学生，以后一定不会有什么出息的。

我当时心里在想，这孩子也许是心太急了，校园里最后一个仪式也不能坚持到底，急于走出社会，外面有什么好啊！

# 不认识碗里的菜

1994年,一部反映贫困山区孩子读书的纪录片《龙脊》,让广西龙胜县小寨小学成了著名的小学。

据小学潘校长回忆,摄制组在小学驻扎了半年。其间带孩子们到桂林去见见世面,住在丹桂饭店,那是孩子们第一次走出大山。山里人平时只有米饭吃,很少见菜,孩子们把米饭都吃完了,有的还在舔碗里的饭粒,其他的菜却没怎么动。为什么不动?因为孩子们不认识菜。当时,整个餐厅的人都看着他们这桌。

《三联生活周刊》2010年4月的消息说,小寨小学目前只剩下一位老师和10个一年级的学生。

唏嘘。只有唏嘘。还是唏嘘!

# 柴田丰

一位白发老奶奶最近很红：92岁开始写诗，现已99岁的日本老奶奶柴田丰，创下了诗歌出版的纪录，她的处女诗集《永不气馁》自2010年3月出版以来，销量已突破23万册，不仅跻身日本十大畅销书行列，甚至到韩国出版。

评论认为，日本眼下忧郁的情绪正弥漫，柴的诗语言虽浅显，却表达了一种不轻言放弃、对生活充满希望的人生态度，恰恰给日本人的心灵补充了能量。

柴田丰做学生时没有成功，做父母的时候也没有成功，反而是做奶奶的时候（高龄奶奶）成功了。虽然，柴田丰并不需要成功。

有的时候，踏实生活，努力生活，就是成功。

## 「超级宝宝」

一个婴孩刚刚生出来，就会吮手指，四肢还不时地抖动、惊跳，神经兴奋性很高。

医生于是向孩子父母调查。是不是智力特别超前呢？难道是超级宝宝？孩子父亲说了实话：孩子母亲怀孕期间吸食毒品，已经产生依赖。

新生儿必须戒毒。

医生说，治疗后还是会影响发育。

自作孽，孩子也不能避免。

# 城里的鸟儿

英国皇家鸟类保护协会说：英国的小鸟儿不会歌唱了，因为它们没有了学习唱歌的机会。英国的鸟儿生活在交通噪声中，栖息于喧闹的道路旁边，幼鸟无法学到歌唱，长大了不会跟同类的鸟情歌互答。英国的燕雀、刺嘴莺、金黄鸥等，原来都是唱歌的能手，现在都燕雀无声，而且数量剧减，因为听不见求偶的叫声，找不到配偶。

再怎么花园式，再怎么环保，再怎么绿化，城市里的噪声总不能消除，城里的鸟儿，必须要适应尾气，必须要适应喇叭，必须要在喇叭声、车铃声、大商场窜出的超分贝的喧哗声及各式各样的噪声中生活，就像城里的人一样。

又岂止是英国的鸟儿呢？！

## 春花之死

回老家休假的时候,妈妈对我说,春花死了。

春花是我的邻居。小时候我们都叫她嫂嫂,但年纪和妈妈一样大。她个子很矮,脖子很粗,一条腿长,一条腿短。表哥也是残疾人,我的记忆里,他的脚管一直流脓和血,也不能干重活。活过六十来岁就死了。

春花起先生有一个男孩,和弟弟差不多时间出生,但没多久就死了。后来又生了个女儿,女儿大了,嫁到了外地。

他们家是特困户。逢年过节的时候,村里和镇里会有人来慰问一下。

中间大概有十来年的时间,我回

家休假的时候,常常看见春花一个人东走走,西荡荡,妈妈说,她的脑子时好时坏,但她看见我的时候,还是很矜持地打个招呼,我也会喊她声嫂嫂。

前段时间,春花躺在床上起不来,说是肺不好。妈妈说,给她送过一碗粥去喝,第二天,表姨去看她时,她已经死了,床前有一脸盆,里面都是血。

春花今年七十虚岁。据说丧事是村里办的。

看着人来人往的村庄,有时反而觉得,它比沙漠还要荒凉。

# 打卡器事件

F市广播电视台，最近出了个大新闻，有人把打卡器给破坏了。

这还了得！这不是公开叫板吗？台长是不久前刚从一个镇里调来的书记，比较强势，上班打卡就是他的要求，他最看不得那些记者平时拖拖拉拉了。

一定是平时工作吊儿郎当的人干的。于是调查就从这些人入手。查来查去都不是，有作案动机，没有作案时间。

最后是从监控上发现线索的，作案的有三人，都是台里的先进工作者，其中一人还获上一年度的市新闻人物。

他们的理由是，我们新闻不需要打卡。

据说处理结果到现在还没有出来。

# 公开课

做老师的时候上过多次的公开课，这个我有经验。不过，前几天，听一朋友说他孩子班级里的公开课，我就知道，大大地落伍了。

公开课事先演练多次，不是一次，是多次。主要情节相当创新：老师一节课表扬学生 50 多次，也就是说每个被提问的学生他都狠狠地表扬，不管学生回答得好不好；而且，回答满意的学生每人还发一个小礼品！孩子透露：平时几个成绩不好的同学，还没资格上公开课呢。

听了这样的事情后，我随口说了一个成语：孔雀开屏。朋友不解，我说，孔雀总是把最美好的一面展示给大家看，你孩子的学校，你孩子的老师，也一样，都想把他们最好的水平展现给其他同行。

老师像导演，学生像演员。我们自己认为很精彩，老外却反问我们：课程都这么熟悉了，还上什么课呢？！

# 狗男女

某日下午。一对中年男女手携手行走在宾馆的过道上,一清洁女工非常低声地骂了句:狗男女。

男的立即回头,责问那女工:你骂谁呢?你骂谁呢!

清洁女工低声怯懦狡辩:我没有骂人,我没有骂你们。

中年男一直不依不饶,一定要清洁女工赔礼道歉。

僵持的结果是,在领导的协调下,清洁女工很委屈地向那对男女道了歉。清洁工事后向领导解释她的确凿证据:我一直在注意他们,听他们的谈话,肯定不是夫妻。而且,我最痛恨婚外情。

针对"狗男女"事件,宾馆随即提出了处理意见:将清洁女工调离岗位。理由是,我们应该有起码的尊重人家隐私的素养,你怎么就能认定这是一对偷情的男女呢?偷情的男女有这么不饶人的吗?他们还有可能是一对恋人,或者是一对长期分居的夫妻呢?所有的员工都要以此为鉴,即使是真正的狗男女也绝对不能骂人家狗男女!

# 故宫的别字

北京故宫失窃，公安追回。博物院给公安局送锦旗，对迅速破获故宫展品被盗案表示感谢。锦旗上十个字是："撼祖国强盛，卫京都泰安"。网友说，错了，"撼"应为"捍"，并质疑：堂堂故宫，难道也写错别字，而且还是意思截然相反的错别字？

故宫回应说，不错的，我们请教过专家，"撼"显得厚重，"跟'撼山易，撼解放军难'中'撼'字使用是一样的"。网友再问，哪位专家？"撼解放军难"的"撼"难道不是摇动的意思？真正的专家说，撼和捍不通假，一个是摇动，一个是保卫，怎么能一样呢？作家郑渊洁则发微博讽刺说，这简直涉嫌用文字颠覆国家，把我们伟大的祖国给摇掉啊！

故宫最后自然是道歉，但在公众心目中已经失却了不少形象分了。

这都是送劳什子锦旗，多出来的事情。中国这么多字，谁也不可能不出差错！但如此狡辩如同用一个小错去掩盖一个大错，确实有点让人"撼"（汗）！

# 国语广州话

前几天出差广州，和一媒体同仁在海聊的时候，忽然讲到了广州方言。这位老兄说，你不要小看我们广东话，它差点成为普通话呢？

我忙问，什么意思？难道当时有选广东话做国语的打算？

他就开始说大书了。说孙中山闹革命成功后，当时的国会里，要求把广州话作"国语"的呼声很高，据说支持的票数已经过半。但孙中山逐一去说服粤籍议员，劝他们改投北京话。最后，凭着孙中山的名望，广州方言仅以三票之差败给了北京话。

对这个说法，因我的孤陋寡闻，还不辨真假。不过，现在看看广东话这么盛行，想想也真是有可能的。

## 和外国人说话

对于英国人来说,中国人辜鸿铭就是个老外。他老人家英文超好。据说有一次在地铁把张英文报拿倒了在读,老外就嘲笑他:这个中国人英语也不懂,还假装读报,居然把报纸拿倒了!辜立即转身对他们说:你们的英文太简单了,我倒着都能读!

俄罗斯姑娘库图佐娃说:有个瑞典人在一个餐厅吃好饭到服务台付完款后,竟然长时间不走人。两位服务员很纳闷,一个打趣说:这个老外真磨蹭,付完款还不赶紧走人,该不是看上我了吧!该瑞典人于是愤愤地说:鬼才看上你了,我等你们给我开发票等得不耐烦了!

语言就是一堵墙上的一道门,通了,门就开了,不通,门永远关着。我曾经努力试图多年想打开英语这道门,可是它却十分地坚固。

# 黑熊推销员

卷心菜滞销，全国性滞销。

浙江温岭石桥头镇菜农王某，愁死了，他有五十万斤菜呢，品质超去年，单价不及去年三分之一。某天，温岭动物园的经理王某照例去王某家拉菜，他们是定点合作伙伴。王经理给愁容满面的王某出了个主意：让动物园的黑熊帮助卖菜。

于是，温岭大街上，有了这样一个场景：黑熊的脖子上挂了一块牌子，上书"白菜很好，但很便宜"，饲养员还指挥黑熊摆起了怪造型，不停地做各种滑稽的动作，果然，招来了不少的顾客，不一会，几百斤菜就卖完了，不少人还追着订货。第二天，王某继续拉着黑熊，黑熊很尽责，效果照样不错。

黑熊是在帮政府分忧呢，它毕竟是国有单位的一员啊！吃纳税人的，住纳税人的，帮助菜农卖菜当然也是它应尽的义务喽！

# 剑池水

2011年初春某日，和鄢烈山、张林华等游莫干山，在剑池听得一则趣闻。

说是民国时，上海的阔佬到山上避暑，喝剑池泉水感觉甚好，回家时还要买上一担。阔佬下山前，吩咐山民挑上一担泉水送下山去。阔佬的轿子一走，山民就把桶里的水全倒了，挑着空担轻松下山，快到山脚时，再到溪边把桶装满。阔佬是不可能知道的，都是溪水，有什么两样呢？

不是山民不诚信，也不是山民太狡猾，只因为那时的莫干山生态太好的缘故。那山脚溪里的水不是从剑池里流下去的吗？还用得着这么傻呼呼往山下担吗？

老人家说得真对：还是卑贱者最聪明！

# 进军阿里

以前到阿里有多难？请看《三联生活周刊》提供的一个细节。

解放军先遣连在扎麻芒堡驻防下来的时候，正值封山，运送给养成了最大的问题。1950年底，1700多头毛驴和牦牛，载着物资，半个月内三次试图进山，前两次都失败后，王震下达指令：不惜一切代价，接通先遣连的补给线。

最后一批共707头毛驴和牦牛，载有1.5万斤给养、食盐和年货，从于阗出发后，25天才到达界山达坂，此时只剩下30多头牦牛，每头牦牛驮的80斤粮食已经被牦牛吃得仅剩下不足十分之一。最终，只有一人成功赶着两头牦牛到达两水泉，给先遣连送到的物资除半麻袋信外，是3斤食盐和7个馕饼。

有的时候，人的能力和大自然相比，显得是那么的软弱和无力。幸亏人有意志，虽不能胜天，但也能达到一些目标。

# 捐款太少

昨天，我在本地一论坛上看到这样一个帖子：他一朋友的孩子失踪两天，下午才找到。起因是学校组织捐款，老师要求每个孩子捐100元，可朋友认为50元就差不多了，后来，孩子没去上课，失踪了。最后，警察将孩子送回了家。问其原因，孩子说50元太少，不敢去学校，怕被老师骂，也怕遭同学们笑话。

发帖人又说，他朋友两口子打工，男的工资1300元，老婆工资800元。

我看到有个网友这样评论：学校这样做是将爱心物化，把"捐钱多少"和"爱心大小"等同起来，属于价值观错位。

# 免费瘦脸

一个阳光灿烂的星期天上午,爱逛街的王小姐和同伴兴致勃勃地开始遛达了。

这王小姐是个新生事物的爱好者,见到什么样的新鲜事儿都想试一试,尤其是"免费大赠送"之类的,兴趣更大。一路看,一路吃,一路笑,忽然某公司"免费瘦脸"的展台吸住了王的眼球。王人倒长得蛮漂亮,可惜就是脸稍微胖点,大家一怂恿,王就大大方方地坐在"免费瘦脸,立马见效"的展台前"享受"了,听凭促销小姐为其右脸"瘦身"。推拿,上油,摩擦,一阵折腾后,嘿,还真有效果,右脸苗条了不少,大家都说挺好看的。于是,高兴极了的王小姐,连忙要求促销小姐为其左脸瘦身。

这时,促销小姐不慌不忙笑容可掬地告诉王小姐:要想瘦左脸,公司规定,必须要买下一台标价1680元的"瘦脸仪"才行,否则不给左脸"好看"。王小姐一听傻了眼,同伴们看着王小姐一边胖一边瘦的脸也一时说不出话来。

# 窥臀记

新西兰美女蕾妮恩和洁斯,相貌可人,身材性感火辣,尤其对自己的大屁股引以为豪。自己的屁股到底有多少人关注?她们想测试一下。

于是,她们在牛仔裤臀部装上隐藏式摄像机,然后走上美国洛杉矶街头,专拍身后那些偷窥者。影片显示,在她们身后行走的所有男子,不管是年长还是年轻的,都难以抵抗美臀诱惑,纷纷行注目礼。一名男子虽然身边有女友陪伴,但他仍然无法把持自己。让人惊讶的是,盯着美臀看的不仅是男人,甚至还有女人。

两人将偷拍到的镜头在网络上发布后,至今已经有超过100万次点击量,而她们也一跃成为网络红人。

一个人独处的时候,最能检测出他的道德行为水准。然而,审美无罪,美臀就是用来给人看的,无论男女。

# 劳动节悖论

劳动节放假,我回老家休息。

在外打工回家的表哥问我一个问题:你们劳动节放假,如果值班的话,还有三倍的加班工资发吧?我说是的。如果不加班,大家也有假放的吧?我说那当然。那我问你:我们这些劳动者,每天都在劳动,为什么没有假期呢?我说,那是全球性劳动者的节日,你放假也过,不放假并不表示你不过劳动节啊?他说:不对,我认为,只有你们节日离开单位放假才算真正的劳动者,我们不算,我们很多人都是劳动节的时候劳动,我们并没有加班这一说!

这个问题把我问倒了,还确实是这样,很多劳动者都是以节日劳动的方式度过劳动节的。

# 老僧植树遇讼

我以前工作过的桐庐县政府，所在地是一所千年古寺，叫圆通寺。当然，我们不在寺里上班，寺没了，路还在，我们的通讯地址是：圆通路5号，这个地方，就是桐庐的中南海。

然而，一千多年历史不是说抹掉就抹掉的。清乾隆二十一年（1756）编撰的《桐庐县志》上有一则官司很有意思。圆通寺当家和尚很喜欢种树，寺院内外、田头路边种了上万棵。附近老百姓担心树长高后，会妨碍田地日照，影响庄稼生长，于是将老僧告了。县老爷接状问僧：您看，这个事情怎么办呢？看来县官不糊涂。老僧也不说话，埋头写了四句诗：本不栽松待茯苓，只图山色镇长青。老僧他日不将去，留与桐庐作画屏。

桐庐县政府后来南迁了，圆通寺5号又变成了千年古寺。我曾进去过一次，昔日的部委办局都变成了殿堂经所，香火暴旺，很有些感慨。

古树森森，我不知道圆通寺的哪些树是那老僧种的，但桐庐人在老僧种的大树下乘凉是无疑的。

# 老外考驾照

昨天看到一老外考驾照理论的体会，颇有些趣味。他说，在考前购买的参考书里有约600道多项选择题。比如，"驾车时想吐痰该怎么做？"答案有A、往窗外吐；B、吐到废纸里，然后扔到垃圾袋中；C、吐到车内。中国的司机十分清楚正确答案应该是B，但你在北京街头驱车时看不出这一点，实践中大家显然偏好A选项。

还有个问题是，如果碰上别人遇到交通事故需要帮忙时该怎么做。选择有3个：将车径直开过、放慢车速、停车提供帮助或叫警察。那天共有15个外国人参加考试，包括一个上周没过关的法国人，他觉得电脑有意跟他作对。

有些行为对我们来说太习惯了，答题归答题，开车归开车，不会像老外那么死板，否则在中国怎么开车？！

# 李 T-bag

中国人到外国去一定起个外国名的,这个我有先见之明。我为什么替我们家那小子取名陆地?一个简单的理由是,中英文通用。在中国,陆地,在外国,鲁迪,Rudy。

下面是一些中国古代名人的英文名。不知道是中国人自己取的,还是外国人替中国人取的。总之,比较有趣。

孔子,字仲尼,英文名 Johnny

曹操,字孟德,英文名 McDonald

杜甫,字子美,英文名 Jimmy

韩愈,号昌黎,英文名 Charlie

狄仁杰,英文名 Roger

苏轼,英文名 Susan

王安石,字介甫,英文名 Jeff

唐寅,英文名 Tony

李世民,英文名 Simon

李白,字太白,英文名 T-bag

## 这个同志不错嘛！

昨晚聚会，聊东聊西的。一位刚到县里任职的朋友感叹说，现在不好随便说话了。问为什么？他说了这样一件小事。

要选举了，他们这个管组织的部门自然要对一些人选做一些必要的资格审查。下车伊始，对当地人事基本不熟悉，这个本来就比较内敛的朋友自然只能看看材料简历什么的。一天，简历看着看着，他突然脱口而出：这个同志不错嘛。为啥不错呢？因为材料上写着：某某经历丰富，年纪轻，学历高，又是女性。他说，他们原来在内部议事的时候，什么话都说的，这并不是组织的决议，他也习惯了这样发表意见。

又过了几天，候选人的名单初稿上

来，要他拿主意了。他一边看一边说，这个名单的结构好像不太合理啊，某个类型的人多了些，不平衡。某某是不是可以拿掉啊？这时，有人搭话了：某某不可以拿掉的。问为什么啊？答某某有某某领导说过的，不能拿掉的。人多，他也不再追问。会后，有人和他悄悄说了，某某是不能拿掉的，某某是您自己定的啊，您那天看简历的时候不是说这个同志不错嘛！

原来如此。朋友再次感叹，现在说话真是要小心啊。这时，另一位资格比较老的领导则语重心长地告诫：你现在管着几十万的人呢，不能乱表态的，随口说说也要看人看地方。

# 老吾老

2006年元旦,我对65岁的妈说:您再也不用缴税了,农业税。新华社骄傲地向全世界发布消息称:中国农民彻底告别了2600年的皇粮国税。

2009年元旦,我妈对我说:从今年起,村里60岁以上的老人每月可以拿70元钱了,一年也有840元呢!

昨读《容斋随笔·老人推恩》:唐代赦免罪人宽宥过失,对老人绝对优待。开元二十七年,百岁以上的老人,封下州刺史,九十岁以上的,封上州司马,八十岁以上的,封县令。天宝七载,京城里七十以上的老人,依照县令的待遇,六十岁以上的,按县丞待遇,京城外全国侍奉老人安排官衔跟开元年间一样。

家有老,是个宝。这些优待,比我们离休干部的政策都不知好多少倍呢!

今天重阳。晚上电视新闻里,有不少各级领导前往各地慰问高寿老人,从场景分析,红包比往年有增厚趋势。

# 女明星减肥食谱

日前网上曝光了一份女明星的减肥食谱，很多人看了以后，都在悲叹——这简直是用地狱式手法折磨自己。

杨丽萍，身高 1.65 米，体重 90 斤。食谱：早上喝一杯盐水加三杯普洱茶，中午一杯鸡汤和两个小苹果，晚餐是两个小苹果和一小片牛肉。

陈鲁豫，身高 1.64 米，体重 80 斤。食谱：早上喝一杯不加糖的咖啡，中午吃十几粒米饭，晚上舔半块黑巧克力（不能咽下，只是舔舔味道）。

周迅，身高 1.58 米，体重 81 斤。食谱：几乎不吃早饭，中午吃少量蔬菜，晚上吃少量水果。

郑秀文，身高 1.65 米，体重 80 斤。食谱：一个星期的全部主食，只有 2 个苹果。再吃燕窝和川贝汤补充营养。

维多利亚，身高1.70米，体重80斤。食谱：每天只吃新鲜草莓，搭配喝矿泉水。

妮可·里奇，身高1.56米，体重75斤。食谱：每隔三天吃一餐，每餐的食物是三片笋干。

对于这个食谱，许多人都不相信，我也问过单位里正在减肥的姑娘们和妇女们，她们也说太夸张。她们的减肥法，只是少吃一餐，副刊部的几位女士向来不吃中餐。但我相信的，我想起一则新闻说，泰国有位高僧，活到一百多岁了，他向人介绍的长寿经验是，每餐饭只吃七口，绝不多吃一口，看清楚了，是七口，也没说什么样的七口，我想那么斯文的僧人，不会像我们说四菜一汤能弄出四大件菜那样去突破标准的。

她们乐意这样，你怜惜也没用的。

# 欧巴马

叫了五年的"奥巴马",前几天突然变成了"欧巴马",据说是美国人的要求,这个更接近意译。有点别扭。

外国人名要么音译,要么意译,要么音意结合。中国人说,这个"奥"其实比"欧"好呢,深奥,不是很好吗?有音,更有意思。

其实这样的事是蛮多的。

柬埔寨的"洪森",有一天忽然说要改"云升",大概认为名改了一切就好了,其实不是这样的,叫了几十年,突然改了名,你想想,会给自己和别人造成多少麻烦?果然,一年后,又改回了"洪森"。

以前也经常有。那时候把"德国"叫"独国",意谓独夫之国也;把"美国"叫做"米国",估计是想把它吃下去罢了。

不过,因为汉语的博大精深,叫什么都好叫的,只是要顺口。我刚从"雪莉"回来,这次到"雪莉"读书二十一天,一路很有收获,你知道"雪莉"是哪里吗?就是澳大利亚的悉尼。我们叫"悉尼"惯了,一下子肯定不适应这个怪怪的"雪莉"。

# 巧妙的垃圾箱

某镇这段时间正在大规模开展"整治居住环境"活动,其中有一硬杠杠:按市里要求建立统一规格的垃圾箱。

镇领导认为,垃圾箱一定要建得漂亮,要花园式的,但也必须考虑垃圾的出路问题,如果每日清除,非得要搞个环卫所才能对付,而镇财政是绝对吃不消的。好在该镇主要道路傍河,又处在上游,而河里是有流水的,集思广益后,建造方案得到了一致通过:垃圾箱统一建在临河处,根据地形分两种,一种是临河一面向下部再设一小口,以便随倒随冲,另一种是用钢筋铁板伸出河面,在箱底座再设一活动抽口,板一抽,垃圾就会全部进河。

建造时,镇领导又对有关人员包括工匠一再叮嘱,本设计属我镇专利,绝不能外传。

# 圈"座"运动

陆地昨天在 Skype 上说，这几日纽约很冷。临近期末考试，他们学校图书馆凌晨四点钟才关门。哥大图书馆很宽敞，人不多，有暖气，也不用占座。

我说你很幸福哎。刚刚报纸上讲，海南师大图书馆，考研学生巨多，生满为患。一本书、一支笔、一块桌布、一个水杯、一张卫生纸、一块橡皮甚至一张小面值的人民币都会被同学用来占座。

有这么一个场景被记者描写：一张巴掌大的白纸被牢牢贴在桌面上，上面写着："考研占座，十月至今，哥每天都来。"纸条末尾还附上一个笑脸符号。

据不完全消息，2011 年参加研究生考试的全国有 151 万人。这个数字应该是全球之最了！

大概只有中国圈"座"才会有运动吧！

# 沙漠的沙

我到过好几处有沙漠的地方,新疆有,甘肃也有,最近到了内蒙鄂尔多斯边上的响沙湾。

在一望无垠的沙漠里,经常会捧起沙,让它们在指间慢慢地滑下,我在想,沙漠里的沙能不能有其他用处?比如和水泥拌在一起造房子?想法很激烈的时候,正好家里在搞装修,大家知道的,基础工程肯定是要用细沙的,而且,运到城市里的细沙价格并不便宜。

每当有了这个想法,就会经常和人交流,有人说,是啊,这一片沙多可惜啊。

昨日看日本著名建筑学家黑川纪章的《新共生思想》,看到了他为我解的惑:与山川不同,沙漠中的沙子完全是球粒状,而且砂粒小,一般不能混合在水泥里使用。不过,我们得到了英国沙漠研究所的大力协助,终于成功地制造出了使用沙漠沙为原料的沙砖。

看着不断被蚕食沙化的土地,两害相较取其轻,总比没有办法要好吧。

若此,沙漠里的沙,还是叫它"沙金"妥帖些。

# 生活遗存

最新消息说，故宫 200 多工作人员，四年盘点，终于将故宫的家底弄清：文物由原来的 94 万件增加到 180 万件。为什么会增加这么多？以前后宫的书画作品以及大量的生活遗存都不算，现在算了。

参观某地民俗馆，馆藏物十分之九均为几十年前的生活用物。

某少数民族居住点，风貌原始，生活几十年一切依旧，于是开发成著名旅游景点，游人如织。

社会日趋现代，古物日渐稀少，仿古仿真大行时。自然，沾着些皇宫胎气的东西，即使是一砖一瓦，陈茶烂谷，一定全都珍贵起来了。

你家的东西，要耐得住性子，不该丢的坚决不丢，几十年一过，都是生活遗存了。

# "四大名旦"

明星总是需要媒体炒的。"四大名旦"也不例外。

1927年,北京《顺天时报》发起评选旦角演员活动,梅兰芳、程砚秋、荀慧生、尚小云获得前四名,被人们称为"四大名旦",这有点像香港以前评的"四大天王"。

"四大名旦"以他们的实力不断得到人们的认可。

1930年,上海《戏剧月刊》又发起《现代"四大名旦"之比较》征文活动,杂志根据观众对四大名旦表演艺术分项评分的汇总统计,刊登了一份《四大名旦评分表》:

梅兰芳 扮相90 嗓音95 表情100

身段95 唱工90 新剧95

  程砚秋 扮相80 嗓音85 表情90 身段85 唱工100 新剧100

  荀慧生 扮相85 嗓音80 表情90 身段90 唱工85 新剧100

  尚小云 扮相80 嗓音90 表情80 身段80 唱工90 新剧85

  我们习惯加总分,一加就知道了,梅兰芳565分,程砚秋540分,荀慧生530分,尚小云505分。第一名和第四名还有点距离呢,相差60分。

  经过这样几次热炒,"四大名旦"就有点如雷贯耳。梅先生的头牌地位也就更加坚不可摧了。

# 文盲人口

2010年最新全国人口普查结果公布，我只对一个数字感兴趣，文盲人口。十年前据说有8500万，现在的数据是5465万，成绩巨大。要知道，外国也有很多文盲的。

昨天读到陈丹燕的《莲生与阿玉》，这是她以父亲回忆录为线索的一本书，里面有一个关于文盲的细节：我去她做群众工作的地方调查，那都是些陕北最贫穷落后的乡村，整个乡没有一个识字的人，春节写春联，只能用碗边蘸上墨，在红纸上按几个圈。

按时间推算，用墨按圈作春联的事应该是延安整风的时候，1941年5月，恰好七十年时间。今天，现在，这样的事情估计是不可能有了。

然而，时间却不会完全消灭文盲。新技术的不断出现，还会产生另一类的文盲，不懂互联网，不懂新技术，不懂外国语，不懂微博，不懂——，基本上都是新文盲。

文盲，拆文析字，文字之盲然，文化之盲点，文艺之盲目，五十步是不能笑百步的。

## 乌鸦的报复

W女士给我们报纸热线来电说,她儿子这几天上学、放学都被鸟儿欺负,在他头上拉屎,头发上、衣服上、书包上都是。我们不知道怎么办才好,希望你们出出主意怎么对付这只鸟。

记者于是去调查。起因是这样的,上小学三年级的孩子,放学后在楼底下拉了打结树的花枝,一只黑色的鸟儿就冲下来飞到他头上拉屎。两天后,只要是她儿子一人上学,那黑色鸟儿就会欺负他,每次都是大叫一声,俯冲下来,从他头顶掠过,哗啦,一泡屎就劈头盖脸地下来了。每次淋得全身都是。而且孩子换了衣服它也认得。孩子受不了了,一定要让他妈妈去买弹弓。

跟踪调查期间,黑色鸟儿就是不露面,记者好不容易才拍到它的远影。

记者请教专家。专家说,这种鸟,学名叫乌鸫(dōng),"眼下正是它的繁殖季节,它非常注重自己的领域性,性情也会变得很好斗。这只乌鸫认为自己受到了打扰或威胁,所以就采取了报复性攻击行为。而且它的眼睛很尖,记性很好,就认准得罪过它的那一个人或几个人,其他人是不会攻击的"。

记者也想不出好的办法,于是建议孩子上学放学进小区时撑雨伞。

过了一天,W女士又打来电话说:今天孩子放学回家,在进单元门时,那只鸟儿又攻击了,它在雨伞上"笃笃笃"啄了好几口。

报复性极强的乌鸫在我们家引发了讨论,陆地说,所有的现象都是有缘由的,针锋相对有时也可理解成唇齿相依。

# 香港黄大仙

到香港大概一定得去黄大仙庙。我去了，果真人撞人。屁股大的地方，一年有420万人来拜呢。求佛求签处，有几位光鲜女士嘻哈着说，找不着地方下跪呢。

印象深刻的有两处。一处是宣传栏，里面交代着各种善款的去处，仔细看了，总款多少，花销在那里，比例多少，清清楚楚，还配图，直观形象。另一处是中药局。这个机构好像是专门为老年人设立的，进去转了一圈，里面有三三两两的老人在挂号配药。随便问一老人，常来这里看病？是的，我们附近老百姓好多人都来这里。

问了同行好多人，你们有谁在国内的寺院中看到过这种账务公开表？基本上说没有，只有捐款公德碑之类。又问，你们有谁看到过寺院里有看病的地方？基本上也说没有，有人说，抽签算卦的特别多。还有人插嘴讲，旅游景点倒是有很多卖药的，各地都有，十全大补。近来有人谐解"和尚"一词：和气，高尚。

原来，和尚还可以这么美好啊！

# 小气林语堂

都说编教材赚钱，以前也是一样。

抗战前夕，林语堂编开明书店版的中小学英语课本，销路非常不错。但是，强中更有强中手，林汉达编的世界书局版比他更畅销。语堂先生很忌妒，于是告林汉达剽窃。官司打下来，语堂当然输了，狼狈得很。

语堂的朋友自然帮着语堂要面子，于是嘲笑林汉达，出身贫贱，只在私立之江大学读了一些书，从没有喝过洋墨水，连博士学位也没有。那个时候，喝洋墨水是一件很时髦的事呢。林汉达非常有志气，狠狠地反击：博士有啥了不起？我以后也得个给你们看！于是到了美国，以三年时间连拿了硕士和博士学位。

很多时候，嘲笑和讽刺就是一种很好的促动力！

# 兄弟

周树人。周作人。周建人。老大,老二,老三。现代著名三兄弟。

周树人的儿子周海婴。周作人的儿子周丰一,女儿不知叫什么。周建人有三个女儿:周晔、周瑾、周蕖。

周建人在世的时候,周海婴节假日会去看望。周蕖的先生顾明远说,上世纪八十年代,周建人还在世,有一次,周丰一以北师大校友的身份参加活动。顾就找到周丰一,因为是头一次见面,他先自我介绍:我是顾明远,周建人是我的岳父。结果,周丰一一声都没吭,也没问三爹怎么样,身体好不好,问都没问。后来我们就再也不来往了。

周建人去世后,家人把他的大部分藏书送到了当时的绍兴师范专科学校。为什么不送到鲁迅纪念馆?顾明远这样解释:我岳母几次提出,鲁迅纪念馆里是鲁迅的东西,不是他家属的东西,我们不应该把我们家的东西送到那里。

兄弟。兄弟的后代。各人玩各人的,鲁迅也可能没有料到如此玩法。

# 宣发

每次去小区门口的理发店，都见人头挤挤。我发现，生意好的一个重要方面就是染发烫发，各种颜色的都有。我问：像我这种黑白相间的头发，叫什么发呢？店长摇摇头，没听说过。

洪迈《容斋随笔》中有"宣发"一节。《考工记》上说：做车的工匠把半个方矩称为"宣"，里面的注解说：头发又白又脱落叫宣。《易经》说："巽卦"为宣发，这个"宣"字本来也有人解释成"寡"，寡就是少嘛，黑白颜色相混杂的头发就是宣发。

怪怪的解释让人发晕，然而我们好歹知道有这么个怪怪的词。不过，这个宣发却是原生态的，自古以来就有的传统色，不用担心什么化学污染！

# 一根扁担

我读小学的时候,语文课本里有一篇文章,它是颂扬革命前辈艰苦朴素精神的,被老师一再强调,课文叫《朱德的扁担》,说的是朱德和战士们一起在井冈山挑粮的故事。我们那个时候的小学生,基本都会背诵《朱德的扁担》。

最近我看到一则材料,大吃一惊,这根扁担还经历过不少的曲折呢。

说是上世纪五十年代初,《朱德的扁担》就成为小学生的教材了。不想,十多年后,1967年2月,学生过完寒假回到学校发现,《朱德的扁担》已经变成了《林彪的扁担》。我们读书的时候,林彪折戟,《林彪的扁担》又变成了《朱德的扁担》。

我相信,写文章的或编教材的,肯定有很大的难处。只是,作为典范的教材,这样任意地变幻,可见有些人肆意妄为无法无天的程度了。

# 镇嘴之物

齐某被通缉了十年。十年里，他每天晚上睡觉时，嘴里都含着个硬币，塞在舌根底下，以防自己说梦话。他担心的是，醒着的时候，说谎容易，可睡着了就无法控制自己的嘴巴了。

齐某落网后坐着警车去派出所的途中，突然向民警提出要回扣押随身物品中的小硬币。它极像钙片，表面没了花纹，光秃秃的，像打磨过。警察问清原由后还给了他这个镇嘴之物。

苏格拉底含石子戒口吃练说话听说过，含硬物练外语听说过，齐某这个故事还是头次听说。

齐某在犯事后类似苦行僧式的生活，谨慎有加，确实常人难以做到。不过，这枚有很深感情的硬币，他会伴以终身的，因为这是他生命成长的一部分！

# "职业粉丝"

新近曝光一份娱乐圈的"职粉"（职业粉丝简称）价目表：举牌鼓掌——50元+盒饭，嘶声呐喊——50元+盒饭+喉宝，泪流满面——100元，上台献吻——150元，哭到昏倒——200元，如果表演出色，吸引了媒体的采访，还另外有奖励。"职粉"训练有素，不管面对什么艺人，他们都能迅速进入状态，"吼"出气氛。

据业内人士介绍，明码标价的"职粉"相当于"蓝领"，赚多少得看运气和体力。赚得比较多的是"白领"和"金领"。"白领职粉"很有技术含量，他们发帖子、为选手制作个人网页、博客：发帖留言5元/次，开博建网5000元/月，为明星制造八卦并广泛传播10000元/条。"金领职粉"则与明星、主办方都能联系紧密，他们指挥"蓝领粉丝"、组织拉票会、制作宣传品、与其他明星的粉丝团联合，月薪均在万元以上。

因此，明星展现在公众面前的那种难舍难分甚至昏倒什么的场景，都可以看作是一种配合默契的表演，心照不宣而技巧娴熟。

依此看来，娱乐圈如果少了"职业粉丝"，那一定很寂寞，很寂寞！

# 卓越男士征婚

某家全国发行的阅读率颇高的报纸，昨日用了四分之一的版面，做了"卓越男士征婚广告"。

先描述他，再描述她，总之，令人心动。

更令人心动是某律师事务所的郑重声明：本所只代理资产亿元以上人士的婚姻事务；本征婚内容完全属实；征婚过程律师全程监管；推荐成功后给予十万元奖金的奖励！

男士没有年龄的标记，但对她有要求：未婚，30以下，大学以上，1米6以上。仅此而已。

不知道会不会趋之若鹜，或者是门庭冷落？

# 子见南子

这注定是一个著名的故事。

大片《孔子》最近曝光45秒预告短片，剧情紧凑、场面壮观，引发网友追看，而孔家第75代孙孔健已经正式向《孔子》剧组发出了"措辞严厉"的书面声明，要求对影片内容作出三点重大改动，并保留有关的法律权利。

回到从前。1928年，林语堂写了独幕悲喜剧《子见南子》，老林只是根据司马同志的《史记·孔子世家》部分史实，想当然地让孔圣人和卫灵公貌美如花的夫人南子相见，并将圣人置身于纵情和守礼的思想挣扎之中。这样创新的剧作在曲阜演出后，被圣人的后代告上法庭。

此事闹大了，连鲁迅先生也积极参

与其中的辩论。内山完造和鲁迅谈"孔夫子生在现代,抗日不抗日",鲁迅回答:有时抗日,有时亲日吧。

子见南子,究竟是怎么回事,只有圣人和南子自己知道。所以,大片《孔子》一定要加以演绎的,而且要大大地让人充满想象地演绎。子路也担心老师的这次约会,孤男寡女的,又正值如狼似虎年纪,不要闹出什么绯闻啊。

《孔子》为什么这么红?子见南子,在全民娱乐的时代,《孔子》不红才怪呢!

# "做寿不会使人长寿"

在全国财经会议上,毛泽东重新强调了全党要谦虚。他这样说:

七届二中全会有几条规定没有写在决议里。一曰不做寿。做寿不会使人长寿。主要是把工作做好。二曰不送礼。至少党内不要送。三曰少敬酒。一定场合可以。四曰少拍掌。不要禁止,出于群众的热情,也不泼冷水。五曰不以人名作地名。六曰不要把中国同志和马、恩、列、斯平列。这是学生与先生的关系,应当如此。遵守这些规定,就是谦虚态度。

半个多世纪过去。六条规定看看很简单,可是谦虚两字真的是越来越让人高山仰止了呢。

# 小布什"笼中讲话"

美国总统小布什发动伊拉克战争,可能有许多人不喜欢,但他就职演讲中有几句话却非常有哲学意义,不管是不是他写的,却是他表达的:

"人类千万年的历史,最为珍贵的不是令人炫目的科技,不是浩瀚的大师们的经典著作,不是政客们天花乱坠的演讲,而是实现了对统治者的驯服,实现了把他们关在笼子里的梦想。因为只有驯服了他们,把他们关起来,才不会害人。我现在就是站在笼子里向你们讲话。"

笼中布什还是需要勇气的,至少他表面上还有些自知之明,他敬畏笼子,敬畏大众给予的一切权力。

# 章叔良缝衣襟

章叔良是明朝开国初的一个普通乡长。

朝廷命令各县乡制作军衣。乡里按分配到的衣料制作完后,章乡长多了个主意,将剩余的边角料用来缝军衣的衣襟,并将管理和缝制人员的姓名写在上面。除责任到人外,他其实还有另一层深意,公家的东西半分半厘都不能沾手。

这些军衣运到京城,细心的朱皇帝就检查了,质量问题自然重要,但他关注的是,那些边角料到哪里去了?他下令,凡是将边角料贪污拿回家的,查到一个,处罚一个,永远充军。结果,每县都有被充军的人家,唯独章叔良管理的这个乡,没有人出事,因为都可以查到出处。皇帝很高兴,大大嘉奖了章乡长。

朱元璋反腐的力度和方法都是空前的,但章乡长行事细心而公开,不仅避祸,而且受奖,道理只有一个,公私分清,泾渭自明。

# 戴鹊

朱国桢真是害我不轻。

他在《仿洪小品》卷二十九《鸟之属》中，开头丢下一句"鸟之孝者名曰戴鹊"后就什么也不写了。孝是传统，我很想把它搞清楚，这可是鸟类活雷锋呢。

能在鸟类孝史上有地位的，只有乌鸦。《说文解字》都这样写：乌，孝鸟也。为什么这样说呢？因为它们会反哺，老乌鸦跑不动了，待在家里，小乌鸦们会找来吃的，会报答养育之恩的。

没有戴鹊，坚持找。辞海中"戴"字开头的，有两只鸟：戴菊莺，戴胜；"鹊"字开头的也有两只鸟：鹊鸲，鹊鸭。这四只鸟，都没有说它们是孝子，朱国桢那个时候，全中国都普遍找得到这些鸟兄弟们。

然想起有"鹊桥"一说。七月七，鹊鸟们会衔接为桥，以渡银河。是不是做好事也可以称做孝的呢？我想是可以的。戴鹊，偏正结构，重点在鹊，只有这样解释了。

戴鹊啊，你在哪里呢？

# 落叶

小学生都知道的落叶问题,我却很疑惑。

我家楼下有好几株银杏,冬天来的时候,其他杏树都光着脑袋,有一株却还是青的,我知道这显然是根深叶茂的缘故。但为什么那些叶子最后全都会离开树干呢?我以往的知识是,树干要保命,能量不够,它只有抛弃叶子。

其实不完全这样。周作人在《我的杂学》里这样解释:再读汤木孙的文章,每片树叶在将落之前,必先将所有糖分叶绿等贵重成分退还给树身,落在地上又经蚯蚓运入土中,化成植物性壤土,以供后代之用。

如此说来,这树叶可以赞美的地方竟要超过树木本身呢!叶子们的无私和大爱,在飘扬的不规则曲线中,不仅优美,而且沉重!

## 贪官培根

哲人培根和贪官培根其实是同一人。

培根官至掌玺大臣、总检察长、大法官。1618年,大法官培根年收入高达16000英镑,位高权重,却屡屡受贿:奥贝里控告布鲁克爵士,先以100英镑打点;埃格顿控告兄长,送上400英镑意思,培根都一一笑纳。国会指控裁决培根有罪,幸得国王开恩,他才免遭弹劾。

培根承认"贪赃",但狡辩不"枉法",也就是说他收钱却没办事,尽管如此,他永远也抹不去这个污点。

然而,培根比秦桧幸运,我们今天仍然念叨他的"知识就是力量",可是,秦桧发明的"宋体字",我们每天在使用,却很少有人想起提起。

# 标语洗脸

有消息说，国家计生委这几年致力于清理、更新冷漠标语的"洗脸工程"，网上议论纷纷，跟帖甚多。我主要关注的是，那些有地方特色的，仍然存在于人们脑子里的暴力标语。

还真是挺吓人："一胎上环二胎扎,计外怀孕坚决刮"；"该扎不扎，房倒屋塌"；"逮着就扎，跑了就抓，上吊给绳，喝药给瓶"；"宁添十座坟，不添一个人"；"宁可血流成河，不准超生一个"。

都说标语是对政策的解释。你看看，"一人结扎，全家光荣"，这会给我们很美好的联想啊；再看看，"一人超生，全村结扎"，这不是连坐吗？怎么比秦始皇还厉害呢！

时代变了，观念变了，政策有调整，标语自然要变。只是标语变了还容易，如果行为依旧，只是停留在表面文章上，那有些计生对象还是要吃苦头的。

# 唐太宗拒出文集

贞观十一年，公元637年，著作佐郎邓隆上表请求，将唐太宗的文章编辑成文集出版。太宗不同意。

太宗的理由是这样的：我制订的政策、发出的诏令，如果对人民有好处的，史书上已经记载了，这足能够流传不朽。如果处理的事务扰乱国家且对人民有害，虽然文章辞藻华丽，终究会被后代取笑的。你们看，梁武帝父子、陈后主、隋炀帝，他们都有文集，但他们所做的事都不合法度，国家也在短时间内灭亡了。我认为，做君主的，只要把品德修养培养好就行了，何必要出那些文集呢！

大印数、高稿酬，这些都是诱惑。然而，唐太宗的头脑始终很清醒，能流芳百世的，不是说出版文集就可以做到的，后人自有其评判的标准。是垃圾终究是垃圾，是金子自然放光。

# 步六孤

内蒙和林格尔县的博物馆非常不错,因为那里有全国唯一的拓跋鲜卑人博物馆。我还看到了一件据说是镇馆之物——重耳剑。当地宣传部长很自豪地说,这里当时是狄国的政治经济中心,这剑是重耳在狄国十二年的重要佐证。

我在一张由拓跋鲜卑族衍生和融合的姓氏对照表前驻足,突然发现,步六孤氏——陆氏,哎,我的姓也在里面呢。宋洪迈《容斋随笔》里说,北魏孝文帝迁都到洛阳后,把自己的国姓拓跋氏改为元姓,99个复姓的功臣旧族,全部改为单姓,这样一样,步六孤氏就改为陆氏了。

我的陆和步六孤不一定有联系,可我仍然将它作了笔名。拓跋鲜卑永远消失了,但消失不是消亡,而是融合与和谐的开始。

# 绿帽子

男人谁都不喜欢绿帽子。

唐朝人李封做延陵县长的时候,老百姓犯事了,他不打人,不体罚,只是让犯事者头上包着绿头巾,并且依据罪行的轻重来决定戴头巾的天数,期限满后才可以去掉。

包裹绿头巾被认为是奇耻大辱。因此老百姓都互相劝勉,不敢犯事。延陵县的各项任务完成都是先进,直到李封辞去官职,他都不曾打过一个人。

绿头巾其实是一种制度管理,只是它是软性的,温柔的。面子是中国人最要紧的东西,因此,巧妙利用羞耻心,应该是一种屡试不爽的工作方法吧。

# 皮黄第三

绝顶一茅茨,
直上三十里。
看那落叶满空山,
我们何处寻行迹?
田夫荷锄至,
相见语依依。

[1°]

墨尔本。新闻集团澳洲总部。先锋时代周刊编辑部。

商业编辑主任 Junes 接待了我们。在这个有 300 多人的编辑部里，我先发现有个记者的茶杯上印有"1°"字样，很漂亮的图案。没在意。后来又发现好几个这样的杯子。再仔细寻找，又看到墙壁上贴着"1°"的小广告。

那肯定是有用意的。于是我问了 Junes。他说，这是我们周刊前段时间提出的一个环保口号，倡议节能。

他没有仔细解释，但我们都似乎理解了。这个"1°"，不仅仅是把空调开高一度，应该有更广泛的含义。

我们这座城市去年夏天就要求把空

调定在26℃，而且作为硬任务，特别是机关单位要带头执行，还有检查组暗访，新闻媒体曝光。在好多单位还看到这样的标语：如果你上二楼三楼，请爬楼梯！

哥本哈根大会后，低碳就成了一个热词。

杭州已经提出"打造低碳城市"的口号了，媒体每天都是"低碳低碳"。昨天，我把广告部主任找来，对她说，你们有没有开始研究"低碳"呢？全社会都在谈低碳说低碳议低碳，那我们就赶紧开始做碳生意吧。

# "刘但青"

前几天，我看凤凰卫视"神州问答"节目，吴小莉采访贵州省委书记栗战书。

栗说，贵州应该是中国目前最深度贫困的省份了，到什么程度？常说一户人家的贫困是家徒四壁，可是，那里的百姓却是四壁都没有，也就是说房子都是用几根木头搭起来的，根本没有壁！人均1182元的标准线，那里有505万在贫困线上。

栗说，有天从一户百姓家出来，看到另一户人家的门板上写有三个大字：刘但青。大概这户人家叫刘但青吧，可是仔细一看，还有几个小字，刘后面有"去"字，还有一个是"心"字，还有一个应该是"照"字，再有一个是"汗"字，大家一研究，应该是"留取丹心照汗青"，但七个字错了五个。

穷和教育是一对天敌，穷让人痛心疾首，教育出现问题则会让人痛苦几辈子。

# 柏林墙

两德统一二十周年的时候,许多内幕披露。

现在看来,它统一的原因简直有点搞笑。搞笑源于下面三个人物。

第一个叫劳特尔,当年是民主德国内政部官员,他负责民主德国护照和户籍登记部门。1989年11月9日早上,他起草了一个放松民主德国人出国旅游管制的决定,于10日施行。

另一个叫沙博夫斯基,时任民主德国统一社会党东柏林支部第一秘书、民主德国统一社会党政治局成员,9日这天,他收到了一张调整旅游规定的纸条。由于理解错误,他在记者招待会的直播中宣布,取消过去的旅游限制,而且"马上"生效。

成百上千的东柏林人看了新闻后涌向柏林墙的边境站,其人数远远超过边境士兵的数量。

如果没有第三个人的配合,柏林墙还是不会打开。这个人叫耶戈尔,当时的民主德国国安部中校,他在既没有接到命令,也没有得到授权的情况下,打开了柏林伯恩霍尔莫尔大街关卡,允许人们自由进出。

《明镜》周刊的文章风趣地评论说:这三个民主德国人在事先互不知情的情况下,成为影响欧洲历史进程的共谋。

我想,这三个人只是偶然因素而已,其实,柏林墙是积聚了四十多年的力量掀翻的。

# 保镖协议

某初一男生进省城读书,家庭富裕,但个子矮小,经常受同学欺侮。一日,他想出了一个"保镖协议"。

协议总原则是,他如果受人欺侮,保镖要保护他。具体内容大致为:保护一次,给钱十元,违反主人意志一次扣罚三元,等等。

协议实施两个月,被男生父亲发现,于是告诉学校,于是保镖协议废除。

现男生已读高二,但"保镖协议"常常被人提及。

我对孩子父亲说,这孩子以后一定有出息的,而且适宜做律师之类,因为他很善于借外力保护自己。

# "抄50亿遍课文"

山东聊城市东昌府区建设路小学有个创意非常好。他们在四年级（2）班上了一堂特别的"角色互换"课，就是让学生给老师布置作业并制定惩罚措施。30分钟后，五花八门的作业诞生了，大部分是抄课文、抄单词、做数学题等。有的要老师抄写课文一千遍、两万遍。最极端的竟是让老师抄写课文50亿遍，并规定课文篇目字数须在1亿字以上。另外，有的学生让各科老师作业"互换"，美术老师抄800万首古诗，语文老师练英语，数学老师画雪景图。

如果不反过来让学生报复一下，许多老师还不知道自己平时的习惯做法有什么不妥。可以把它看做是一种集体的宣泄，在这种宣泄的哈哈镜中，老师们仿佛看见了自己行为的丑陋和面目的狰狞。

让老师抄50亿遍课文，活该！可是，老师肯定觉得自己冤，我们向谁去诉说呢？

# 尺棰取半

《庄子》中的惠子，总有让人捉不住的思想：一尺之棰，日取其半，万世不竭。我很好奇，于是做了个小实验。

找了根小木棍，用锋利的瑞士小军刀，先中间断开，然后，每天截去一半，一周以后，那一半的一半的一半的一半的一半，就变成小米粒状，不，比小米粒状还要小多了，基本上用肉眼、手工范围内很难操作了。

怎么办呢？我是没有办法再取一半一半了，只能靠想象，每天这么一半一半一半，会取到什么时候？千秋万代也取不完的，惠子说。

可是，我俗人一个，真的无法想象再不断地日取一半。有的时候，明明晓得道理是正确的，但就是无法说服别人。

# 歌咏比赛

我曾比较详细了解过某个领导队参加某廉政歌咏的比赛细节。这是个副处以上的歌咏队,有四十位领导参加,男女各半,级别从副处到副厅,排练时间长达二十多天。要让这些领导聚在一起,可不是件容易的事。二十多天时间里,领导们非常敬业,都把它当作是一项非常重要的政治任务,除了业余时间自己练唱以外,还在周一周三周五下午的两点到四点集中排练。

比赛那天,观众翘首以待。大幕拉开,只见领导队精神面貌超好,男领导一色笔挺西装,红脸蛋,好帅啊,观众席里有人发出嘘声;女领导则一律穿着露背裙,个个如花似玉,好漂亮啊,观众席里不断有人赞叹。谁说我们的领导只会板着脸孔呢,他们也是普通人嘛,一样的需要打扮,一样的会打扮。

这个领导队自然取得了不俗的成绩。只是后来我听说,在评奖的时候,因为竞争非常激烈,有人举报这个队有假唱。真相到底如何,我也不知道。

# 合影

山西省委书记袁纯清,半年来三次到武乡县砖壁村,这是他的驻村联系点。书记几次蹲点后,村民们开始有了想法,农家乐增加了。袁书记和村民说,我和你们照个相吧,你们可以把合影挂到墙上,免费做广告。

以前我写过一篇《被中介了的名人》,是说一些企业通过中介,弄来和高级干部的合影,挂在墙上装门面。但这和袁书记主动提出合影,意思完全不一样的。

省委书记的联系点,这个村真是幸运极了,不要说省委书记,就是市委书记,甚至县委书记的联系点,都不得了,再穷的山村也要叫它变个大样。

此合影不是广告胜似广告,甚好,甚好!

# 档案

T县,小学教研员L这样说他的人生经历:本来我的人生轨迹肯定不是这样的。人家问,那会是怎样的?

L说,原来我当兵的时候,已经填表了,读的是某某军医大学。部队在审查我档案时,发现有这么一条:叔父系国民党员。L说,我也不知道是怎么一回事。首长对这件事的处理是,先让别人去吧,他的问题弄清楚再说。

后来,问题弄清楚了:解放前,T县当时有AB两人在竞争国大代表,L叔父被人叫上填了A的选票,当时的回报是,吃一碗面,听一场戏,然后就被填成是国民党了。据说,仅他们那个村,就有56个国民党员。因为这56个人都去投了A的票。

这个"国民党"真是害死人,不然,L现在肯定不得了,因为他的好多战友都是大官呢。

# 倒霉的"法海"

样板戏流行的年代，我已经读小学了。

那时刚好市里的京剧团下放我们村，他们吃住都在知青点，有空的时候经常排戏。他们排戏，我们就会直接钻进后台，看他们化妆，看他们演奏。大胆的，还要去摸摸乐器。

他们的演出就是我们的节日。

村民们对演员们都很熟，有时直接喊：郭指导员、沙奶奶、李玉和、杨子荣，有空到我们家坐坐啊。那些个王连举、鸠山、栾平什么的，叫的人很少，村民碰到他们也是冷冰冰的，座山雕是个例外，因为他很会搞群众关系，又会讲笑话，村民还是蛮喜欢他的。

有次，我们几个过木桥，桥很窄，正

好"王连举"过来了,我们就是不让他,还差一点把他挤到桥下,他只好跟我们假笑。错过后,我们就一起喊:打倒叛徒!打倒叛徒!

反面人物我们不喜欢,毛泽东也不喜欢。

李银桥回忆说,1958年,毛泽东在上海看《白蛇传》。看到"镇塔"一幕时,他老人家拍案而起:不革命行吗?不造反行吗?演出结束后,领袖照例要和演员们见面,他用两只手同"青蛇"握手,用一只手同"许仙"和"白娘子"握手,而对那个"法海",他老人家看也不看。

毛知道在演戏啊,他为什么这样呢?我到现在也不太明白。

# 邓肯之死

艺术女性，长长的丝巾，在风的作用下，随之轻扬，飘逸中显现优雅的时尚。

1927年9月14日，美国现代舞蹈界杰出人物伊莎多拉·邓肯，坐着一辆跑车出行，她系着的长长丝巾真的在风中飞扬，太时尚了！但意外发生了，那条丝巾和汽车后轮缠在了一起，司机在继续飞速行驶了15英里后，发现邓肯已经被活活勒死。她的死亡证明上这样写着：死于由交通工具导致的勒杀事故。

准确地说，邓肯是为时尚而死的。一个资料讲，1850年以来，人类死于人造织物收缩的总人数已经有3万多人。最近消息披露，法国PIP公司生产的劣质硅胶，是藏于体内的定时炸弹，全球有40万女性被牵连，不少男人也是受害者。

从古到今，从今往后，追求时尚一定仍然还是时尚，但死在追逐时尚路上的人肯定也有不少，这大约就是追时尚的代价吧。

# 杜克卖香烟

1880年，彭萨克卷烟机发明之后，每分钟可生产200至212支香烟。从此，香烟便进入了工业化生产的时代。1884年，聪明的杜克取得了彭萨克的使用权。

这个时候，有人拿着一本世界地图给杜克看，他一页一页翻着，不看地图，只看人口数字，翻到中国这一页时，他看见这样的数字：人口，四亿三千万。于是他指着中国地图对公司的销售人员说：那就是我们要卖香烟的地方。1916年，英美烟草公司在中国的销售量早已过了百亿支。彼时，中国到处都是吸烟的人，连儿童也不例外。

有些国家在烟盒外印有骷髅，可仍然有人迷恋。中国人吸烟也已经好几辈子了。一边是烟草企业的巨额利润，一边又宣传吸烟有害。这个悖论不知要到什么时候才会解决。我们不能怪生意人杜克，要怪只怪我们自己。

# "额头上有个疱"

昨日看宋代道山先生的《道山清话》,有一则《磕头幕官》让人警省。

韩魏公驻在永兴路的时候,一天,有个将帅官署的官员来参见他。韩仔细看了看他,就皱起眉头不高兴,一连几个月都没搭理他。

有个姓仪的官员问韩:这个幕官,您不认识他啊,为什么一见他就不高兴呢?韩也是直率人,马上就说了不高兴的原因:我一看他额头上有块高高的隆起,这一定是响头磕多了造成的,估计不是一只什么好鸟,这样的人紧急的时候怎么依靠他呢?

韩公可是察人的高手啊,"额头上有个疱",仅此一细节就将他的喜怒哀乐统统表现。有时候,凭自己累积而成的经验,往往准确得很。韩公太谙官场之道了,有许多官惯于奉承,低三下四,平时就是头磕得勤快,日磕月磕年年磕,终于官位磕出来了,别人喜欢磕头,我韩公不喜欢。

头上隐块,要小心哪!

# 猴脑剪

我家附近有中国刀剪博物馆。有次，进去参观了一下，一圈下来，什么也没记住，只在一把标有"猴脑剪"的展柜前停下了脚步。

该剪其实也没有什么特别之处，形体并不大，中等显小，只是刀口部位略尖而已，如果没有文字说明，绝对不会想到它是专门用来取猴脑的。而剪刀的历史已经有百来年了，但并没标明产地。

所有的都不重要，重要的是它曾经作为一种普通产品而生产，重要的是许多地方曾经有活吃猴脑这道菜（我在一本清末法国人写的书里读到过中国人活吃猴脑的细节）。

冰冷的猴脑剪，没有任何表情，静静地躺在大运河畔的博物馆里。

# 后门

某日,一领导在党校讲课,感慨且生动地举了一个官员走后门的例子。

某司法厅长犯事,坐牢,他托关系走了后门:能不能帮我找个好一点的监狱?也就是干部多一点或者素质高一点的地方,免得和那些乌七八糟的犯人住在一起。

据我所知,监狱好像原来也是归司法厅管的。

许是该厅长习惯成自然了。无语。

# "划车事件"

昨天早上听交通台在说新闻时,有一条主持人特别愤怒:现在的孩子真不得了,有两个小孩居然把小区里的车划掉了41辆,也不知道他们的家长是怎样教育孩子的。

后来我看了报纸,发现主持人有点偏激。其实,我们的报纸有很详细的报道,电台十有八九是读我们报纸时的断章取义,因为我们的报道只是一个调查报告,还没有下结论呢,小孩为什么去划车?怎样划的车?车主的态度如何?事件后来又会如何?怎么可以一下子就对事件作如此肯定的判断呢?

果然,第二天,事情就有了重大的变化。那两个孩子的家长,在事发后,买了41个花篮,并且让孩子折了41条纸船,上面写上"对不起",然后,家长们带着孩子一家一家地上门送花和纸船，并且要让孩子向车主道歉。这样做的结果是，几乎所有的车主都原谅了孩子的行为。

这一天，我们的专题报道做得很大，读者们看了也都很过瘾，都说这是近几年来看到的最成功的危机公关。

在我看来，这几位家长真是太有水平了，他们的举动其实就是简单地告诉孩子：做错事不可怕，但你们要为自己的错误承担责任。

我还在想，那41位车主，据说有许多是高档车的车主，他们也一定很受启发，虽然车被无故划了，却从人家那里学到了一种良好的教育方法，说不定以后他们也可以搞类推教育的。

# 痛哭加分

一部廉政教育片里，几个以前曾经很辉煌的官员在痛哭流涕，样子极为伤心，应该是发自内心的反省，有一个甚至说几句，就抹一把鼻涕，对不起这个，对不起那个，很痛心。

在一个场合，恰恰又说到了片子里的角色，我就把这个情节说了下。有一位官员就笑着对我说：陆春祥，你还不知道吧，他们配合政府拍这个片子，是可以加分的，加分你懂吗？就是加到一定程度可以减刑的。如果拍片子表现非常好，加的分数还是蛮可观的。

我知道有加分，它是政府改造犯人的手段嘛，但我没有想到认真地忏悔也可以加分的，对我来说，这是很新鲜的事情。

不过，我宁愿他或她是发自真心的自省，而不是为了加分。都到了这个份上了，如果还这么功利，足可见其平时的为人为事了。

# 奖状情结

全国评比达标表彰工作协调小组2011年10月透露说，由中央纪委牵头，人力资源和社会保障部等部门参与，全国共清查出各种评比达标表彰项目148405个。现在保留4218个，总撤销率达到97%，可谓战果辉煌。

依我推算，各种奖项其实远远要超这个数。放眼四周，如果哪一个单位，哪一位个人，甚至幼儿园孩子，要是没有几张乃至许多张的奖状，那简直不可思议。做人太失败了，这样的人怎么能在社会上混呢？买也买几张来吧，容易得很。

奖状情结已经深深渗入到我们民族的骨髓。因为大部分奖状镜框之类，都要挂在墙上装入档案载入历史的，我们需要以这样的方式证明给别人看。

# 节节节

2011年初,某国家级贫困县下文,要求所属26个镇乡全部开展乡村旅游节庆活动,聚人气、打名气、生财气。整合资源,丰富内涵,拉长时间,延伸空间,放大效应。

于是,各乡镇纷纷发动,献计献策,务求实效,整个县一派形势大好,不是小好。

这些节具体有:摄影节(全县),采茶节(两个乡),竹笋节,采风节,农家乐节(两个乡),民俗文化节(四个乡),端午龙舟节,漂流节(全县),亲水节,嬉水节,避暑节,幽谷纳凉节,庙会节,枇杷采摘节,葡萄采摘节,青枣节,山核桃文化节，柑橘节，菊花旅游节，无核柿节，古道文化节（全县），石文化节，登山节，双色文化节。

最具创意的是，双色文化节，什么意思？就是红色文化和绿色生态结合起来搞。

各乡镇积极性空前高涨，还有一个原因是，每个办节的乡镇，县里财政补助五万元。

把日常工作变成节，或者将节变成日常工作，一些人越来越有创造性了。

# 经验

老人跌倒扶不扶，这样为长者折枝的事，几年来却纷争不息。

迅大先生1933年也看到了这样的现象，他在《经验》里这样写：

"在中国，尤其是在都市里，倘使路上有暴病倒地，或翻车摔伤的人，路人围观或甚至高兴的人尽有，有肯伸手来扶助一下的人却是极少的。"

高兴的人现在恐怕不多，除非他看到了冤家或者死对头跌倒了。大部分匆匆而过，不围观是因为没有工夫围观，不扶助是因为不敢扶助。

八十年过去了，这样的经验不知还要延续多久？

# 满分作文

县考，府考，院试。1896年，17岁的陈独秀一路过关，直抵院试。

他拿到的院试题目是：鱼鳖不可胜食也材木。这是八股文的一种截搭题，有点像韩乔生的迅雷不及掩耳盗铃之势。

陈独秀一下子脑筋有点转不过来。幸好，他读过许多书，又不喜欢八股文，于是就将《昭明文选》上关于鸟兽草木的难字和《康熙字典》上的荒谬古字，不管它通不通，统统堆在一起，上交算数。

他大哥很为这样的答卷担心。结果却出乎所有人的意外：陈独秀考了第一名。

近些年的高考满分作文，基本上是这样的，要么就彻底死掉：故意卖弄，什么狗屁不通的作文；要么就满分：怪才奇才天才啊，怎么会写这么多的古字呢！

# 母亲节套餐

2011年5月8日，美国人的母亲节。北京一些餐馆却推出了别具一格的套餐。孟郊的《游子吟》六句被做成六道菜：

慈母手中线——拔丝山药；

游子身上衣——干烧黄鱼；

临行密密缝——烩乌鱼蛋；

意恐迟迟归——脆皮乳鸽；

谁言寸草心——香菇菜心；

报得三春晖——三不沾。

商家自认为是一举多得。最狡诈的是，在这样隆重的节日里，你能少点一道菜吗？不好意思的，母亲把我们养这么大，还在乎六道菜？

当许多节日被商业过度渲染时，节日本身的文化意味已经缺失殆尽。即便是母亲节套餐，一样地俗不可耐！

# "墓"光城

清明节。桐庐县上王家村。我们一行人到陆地外公墓前祭扫。烧纸，点香，献花，叩头。程序例行完毕，四顾周围，听到不少感叹。

这个地方，原来外公进驻时，只有三四座墓。只是过去了十年，整个山坡，全是墓碑，前后大约有六七排，一直排到山坡顶了。大大小小，基本上都是大理石，在清明和煦的阳光下，从山脚往上看，花花绿绿，简直就是一座"墓"光城。

北京最贵的墓地已经卖到28万一平米了。乡下还显得宁静，但墓光城也是越来越拥挤了！

# 礼仪操

某省局新上任局长三把火。其中一把火是，像部队军训一样搞礼仪。因为他们是窗口单位。

对男同志要求很多，比如，乘一面包车出行，上车，要列队，鱼贯而入；下车，也要列队，鱼贯而出。

对女同志的要求也很多，比如，要专门抽时间，对着摄像头做礼仪操。因为要检查，检查的时候就是从监控中看，而且是抽查。从省到市，从市到县，都很正常，上下很配合。

可还是有问题，从县往下，那就是站和所了。某县辖下某所，三个部门合署办公，三个部门各只有一个人，这个女同志就很为难了，做礼仪操吧，只有她一人，像个神经病，一个人做两个人看，不做吧，要扣分的。

这是个待遇很好的国有单位，咬咬牙，做吧。于是，每到点时，这个站就会有个女员工对着远程摄像头在跳来跳去。

又不是跳什么忠字舞。怕什么呢？为了生存，咱什么都不怕！

# 李绅和严嵩

李绅的《悯农》诗家喻户晓：谁知盘中餐，粒粒皆辛苦。但他为官后马上变了一张脸。一餐耗费多达几百贯，甚至上千贯。他还特别喜欢吃鸡舌，每餐一盘，耗费活鸡三百多只，院后宰杀的鸡堆积如山。与李绅同一时代的韩愈、贾岛、刘禹锡、李贺等，无不对其嗤之以鼻。

严嵩的恶也是妇孺皆知。然而史载他以前也极有声望，不但诗和文章写得好，而且为人刚正，很有风骨，在钤山曾隐居读书十年。

人之初，性本善？抑或环境使然？两者皆有可能。不过，李绅比严嵩幸运，因为人们只记住了李绅的善和严嵩的恶。然而，历史却不会因为某个人而断章取义的。

# 牛津（经）大学

我读大学时，对食堂印象最深的有两点：一是大块肉，二是大舞厅。

上世纪八十年代初，一毛五分的大块肉是增强学生体质的最好营养品，当然还要奢侈点，加个五分钱的青菜，这样搭配就很科学了。现在，我们同学聚会，或者平时有人在说起什么学校什么学校，只要听到"牛津（经）大学"或"早稻田大学"，我就知道，那是我们的校友，因为那时的学校基本上处于农村的包围之中，校园外是大片的早稻田，还经常会看见农民牵着牛经过。

一群年轻人在一起总要搞些活动的，最多的是文体活动。唐德刚的《胡适口述自传》中也记叙，胡博士对当年在美国读书时同学间搞的文体活动，那是非常的留恋。一批大同学，主要是七七七八级的，他们有许多已是老江湖了，有些甚至都有孩子，于是舞会就成了他们泡妞（女同学也泡男同学）的极好场所。周末，大部分的时候，食堂饭一吃完，同学们就很积极地打扫，大功率录音机一放，蓬嚓嚓，蓬嚓嚓，许多人都往食堂涌了。成双成对，舞姿翩翩，我们小同学只有旁边站站，四处看看，很羡慕的样子。

这样的结果是，大块肉越吃越好吃，同学们越吃越壮实，舞会也越办越火，好多大同学都梦想成真。有的大同学很牛逼，居然泡上了老师。有个女老师给我们上课，有同学就在下面嘀咕，最新消息，这是某某的夫人，啊，那不是我们的大师兄吗？哈哈，"牛津（经）大学"的学生果真厉害。

# 农村无剩女

广西武鸣农民梁积华，读了关于"二胎政策"的文章后，给《南方周末》去信说：

我所在的生产小组，三十年来人数基本稳定在200人左右，对比一下三个十年的剩男剩女数也许能说明农村受男女比例失调的影响远大于城市：

1980年代，剩男：3个，剩女：0个；

1990年代，剩男：15个，剩女：0个；

2000年代，剩男：20个，剩女：0个。

有些剩男迫于无奈，娶了弱智、精神病等"剩女"为妻，而剩男中的部分人已成家无望。

看来，"必剩客"、"剩斗士"、"齐天大剩"等等剩女们都跑到城市里去了。

# 跑线记者

某报总编在介绍怎样确定主要领导的跑线记者时介绍了这样的经验。

他说，我们跑书记的是一位具有丰富经验的研究生，写作能力特强，而电视台的是一位本科生，明显不如我们；我们跑市长的是一位复旦大学的毕业生，女的，又漂亮，而电视台的是一位一般院校毕业生。

众人都感兴趣，纷纷问效果如何？总编有点得意：效果当然好了，领导很满意，领导对我们报社很满意，领导满意了，我们的事情就好办了！

众人于是很羡慕，众人再于是若有所思。

# 屏里创新

陆地妈妈有天对我说,某生活电视台有"教人穿衣服"节目不错,说不定对你写东西有启发。

于是,很认真地看了一下。那天的主题是:压箱底的毛衣如何穿出新意。节目基本上是一漂亮主持人在表演。她介绍了两种方式:扣子乱扣,也就是故意不对齐,就像小时候穿衣服扣错那样;毛衣反穿,分反上穿,反下穿。说实话,穿在主持人身上,感觉还真的挺好,衣服的动感出来了(不对齐),样式也新颖了(反穿)。我问陆地妈妈,这样的衣服,你会穿到大街上去吗?她笑笑,节目啊,做给人看看的。

这样的创新,就在眼前,但似乎又离我们的现实生活很远。

# 奇妙招聘

民国有个叫陈彬龢的报人大约有几分才气,从上海商务印书馆接到不少翻译业务。有次他让一个浙江人胡某翻译英文版的《日本通史》。胡的书翻得很好,但赶不上出版速度。

这个时候,陈想了个妙招:在报上刊广告,招聘编译。主要条件是,应征者先试译若干篇幅,如果合格,聘用,如不合格,就不答复。于是就将还没有完成的原文拆开,分成许多份,寄给资历比较好的应征者。结果可想而知,他一个都不作复,而寄回来的译作,因为基础都不错,所以只要校订、修饰就可以了。

做生意做到这种程度,真是厉害到家了。他违规吗?没有,违法吗?更没有。那些书生稀里糊涂地应征,说不定还久久地等着消息呢。

这样的妙法,现今仍然不少,只是有时做得更堂而皇之,或者更隐秘罢了。

# 乔迁宴

海南东方市商务局有个刚提拔的关副局长,因为大摆乔迁宴而被免职。如何大摆?关去年买了套经济适用房,以他父母和他们夫妇的名义办了20桌,其中他们夫妇名义宴请了11桌,共收礼金13100元。

为此,海南省纪委还专门发出通报,要求各市县、各单位,特别是各级领导干部要从中汲取教训,进一步抓好《廉政准则》的贯彻实施,坚守从政底线,始终廉洁用权。

11桌,每人平均只送了100多元。然而不行。要放三十年前那就是大贪,万元户呢。关某估计会成为中国2011年度收受礼金最少而丢官的典型了。苍蝇一定要拍的,因为有苍蝇的环境毕竟不是好环境!

# 三不宝

明朝嘉靖年间的郭文通,因多次剿贼寇建立功勋,被提升为广东肇庆府同知。

郭曾经有言:我这个人把三件东西不看作宝贝,一是官,二是钱,三是命。

朱国桢曰:不把官位当宝贝,那是高士;不把钱财当宝贝的,那是清士;不把性命当宝贝的,那是圣贤豪杰。

我说:官也可以当宝贝,一定要倍加珍惜;钱财也可以当宝贝,一定要取之有道;性命更要当宝贝,一定要妥善保护,那是革命的前提。切忌为了前面两个宝贝而丢了第三个宝贝!

# 和尚二跪

昨日看清代石成金的笔记《传家宝》，有一则讲势利的和尚，生动。

有一军人，穿着布衣布靴游某寺庙。僧（估计是住持）以为是常人，不闻不问，很鄙视。军人就问他了：我看见你们的庙里，平常得很，不富裕吧，如果想修建点什么，可以拿写缘簿来，我好捐点钱给你们。

僧人高兴了，马上泡上好的茶，非常恭敬。双手递上写缘簿，军人在头一行写下"总督部院"四个大字，僧以为是大官微服私访，碰到财神了，吓住了，两只脚不由自主地跪下。

这个时候，军人又在"总督部院"下边添上"标下左营官兵"，僧于是认定他就是一小兵丁，又恼怒，马上站起来不跪了。

军人这个时候又不慌不忙地添上"喜施三十",僧两眼又放光,寻思肯定是三十两银子,那也不错啊,这年头,毕竟有钱就是大爷嘛,于是又很高兴地跪下了。

军人直了直身子,继续慢腾腾地写上"文钱",僧于是很愤怒:他娘的,三十文钱,不是戏弄老子吗?害得我跪了两次,于是立马转身再不搭理军人。

我倒不认为这是虚构和夸张。对人,对权,对钱,看来僧人俗人的态度差不了多少,古代现代也没多大的变化。

# 推举酒

明武宗南巡经过保定，酒量颇大的巡抚伍符设宴款待。君臣二人玩抓阄赌大杯酒游戏，恰巧武宗输了，很不高兴，连罚伍符好几杯，以至于伍醉倒在地，匍匐爬到台阶前，武宗大笑，引以为乐。

保定知府王藁看不下去了，挺身而出：伍符年老不经罚，我来请求代替！武宗斜眼看他：区区小官能喝几杯？王藁回答说：我虽然敌不过天子，但远远超过巡抚大人。武宗听了很高兴，亲手倒三大杯赐他喝下。事后，伍符对王藁表示感谢：今天我差点没命了。因此想要推举王藁，王却说：这是推举酒，听起来看起来都不雅，人们会议论我的。最终还是推辞了。

官场上的人想升官，目标虽然一样，手段却各有不同。酒友、棋友、牌友、球友，都是不错的途径。王藁不做推酒的官，还算有自知之明，但肯定会有不少人背后骂傻的。

## 外国也不见得都好嘛

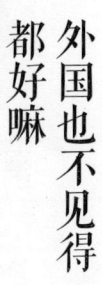

某领导见识博而广,讲话滔滔不绝,时有掌声和笑声,他经常举外国和中国对比的例子。

那希腊,简直就是希希拉拉。办事节奏相当相当慢,装部电话要三个月。我和某省长一起喝咖啡,竟喝了九个小时,这位老兄还谈兴甚浓,说讲话时有四五个人在边上鼓掌就兴高采烈了。

那印度,简直落后透顶。他们那儿坐火车,居然有挂票买,就是挂在车厢外面的票。他们的高速公路,牛马也可以上去。有次,一老太太买菜,在大街上跌了一跤,起来一看,篮子里的鱼找不到了,原来,大街上沟沟坎坎,鱼钻到沟里溜掉了!

他的结论是,外国也不见得都好嘛,官僚主义比我们还厉害!

# 威尼斯葬礼

据意大利媒体报道,威尼斯举行了城市的葬礼。一个由三艘贡多拉组成的"送葬船队",运载着象征威尼斯已死的粉色棺材,沿着威尼斯大运河缓缓前行。在抵达著名的里亚尔托桥后,众人把棺材抬上了岸,并接着把它抬到了市政厅前面。在里亚尔托桥边上还竖起了一个巨大的电子屏,显示着正逐年下降的威尼斯人口数量。

原来是因为人口减少,这个减少不是一般的减少,而是急剧的减少,减少到这个城市没有人住。按我的想法,没有人住是不可能的,因为那是个著名的旅游城市,全球著名,不是现在著名,老早就著名了。

我不担心威尼斯会死亡,只有一种原因能让威尼斯彻底死亡,那就是像马尔代夫或者图瓦卢那样,被大海淹没。不过,我想,那里的人如此郑重其事地举行这样一个葬礼,绝不是吃饱了撑的。

# 羡慕

大年二十九,某农户突遭不幸:一场大火,烧光了他的全部,幸好,老人和大人及孩子都没事。

一家人正在嚎啕之时,村民们纷纷自发捐助,衣,被,物,米,油,面,络绎不绝。可怜啊,正要过年呢,这么不幸。

乡里领导来了,衣,被,物,米,油,面,钱,看望的小车有好几辆。乡领导表态,我们一定以最快的速度帮你们把房子建好,政府出资,这个你们放心好了!

县里领导来了,衣,被,物,米,油,面,钱,还有摄像机跟着,跟着的小车一辆接一辆。村领导乡领导县领导,还有县领导带来的各部门领导,民政部门、建设部门、教育部门、卫生部门、保险公司,纷纷红包,纷纷表态,一定要过好年,一定要体现社会主义制度的优越性。

啧啧,啧,啧,啧,一些村民眼神里流露出羡慕的眼光。一小屁孩扯着他爸的衣服说,要是我们家也着火就好了!啪!爸爸一巴掌打在小孩子头上:小孩子不要乱说!

# 新"冉阿让"

法国人冉阿让，为了饥饿的外甥，砸坏玻璃去偷了一块面包，判刑5年，逃跑4次，加判14年。从监狱跑出来后，化名马德兰，积善行德，成了富翁，做了市长，处处帮助穷人。然而，警察沙威却一直在追踪他，最终沙威羞愧自杀。

长春人侯某，开有一家小饭店，因与人争执，将对方打死，潜逃至阳泉市，化名崔石令。他经营家具，生意颇有起色，然而，始终感到愧对社会，16年来，曾多次向社会捐款。2011年5月，当选阳泉市政协委员。公安近日清网，侯某终于被刑拘。

雨果写冉阿让，是为了控诉他那个不公平的社会。侯某最终被抓，是因为天网恢恢。马德兰和崔石令，表面上非常相像，本质却完全不同。

# 新贿选

有消息说,金华市日前共查处了95名村级选举违纪人员。

送烟送酒送钱拉选票,并给各种承诺,似乎已成常态。金华细化贿选界定标准:送一包软中华也算。

你有规定,他有对策。本次查处是因为出现了新动向:选举前突击为选民缴纳社保、医保,甚至还有水电费等等。

如何根治贿选及新贿选及以后出现的各式各样贿选?

这注定是一场旷日持久的斗智斗勇的战争,双方都需要耐心。

# 胡适的天赋

说胡适之博士,没有到过四川,但平日里讲得一口漂亮的四川话。他在《四十自述》里讲了这样的事。而且,他早在二十岁的时候就已经讲得很好了。为什么呢?是因为他在中国公学读书时,四川同学很多,耳濡既久,不免同化,此无他。

林琴南不懂英文,却翻译得一手好文章。据说,他翻译的作品多达160多部。原来是他古文底子好,别人直译给他听,他理解得好,写得好。

有时候,歪打正着的事情是很多的,有意为之刻意为之,反而一般般。所以,悟性是不能以学历什么来衡量的。

# 原子弹特等奖

1985年，中国原子弹特等奖颁发，奖金总额：人民币1万元。

这个奖怎么分呢？平均分配，人人有份。两弹元勋邓稼先病危的时候，杨振宁从美国赶回来看他，原子弹奖金很神秘啊，老杨也问了这事。邓夫人许鹿希说，奖金是人民币10元。邓补充说，是原子弹10元，氢弹10元。杨以为他们在开玩笑，许回答说，这是真的，不是开玩笑。

据说，当时的等级是，10元、5元、3元。这大概相当于我们现在的中国科学技术一等奖、二等奖、三等奖吧。

时隔二十多年，中国科学技术特等奖500万元，应该很不错了。

# 曾国藩观人

都说曾国藩观人极其厉害,有些书上甚至有些神化。

有次李鸿章带了三个人去给曾老师考察,刚好曾老师出去散步了。那三人于是就候着。等曾老师回来,李学生向他汇报的时候,曾老师说,这三个人我已经看过了,我现在就可以分派他们工作:面向门庭、站立左边的那个人为人忠厚、办事小心,让人放心,让他去负责后勤军需;中间那个人有些阳奉阴违,心口不一,难以信任,不宜重任;右边那位颇有将才气质,将来定可独当一面。

曾老师的依据是什么呢?他说,刚才我从他们身边走过,左边那个一直低着头不敢仰视,应是一个老实和谨慎的人;中间那个看似毕恭毕敬,却左顾右盼,似有心机,心机太重的人不可重用;右边那个始终挺拔站立,目视前方,不卑不亢,神情专注,应该是个大将之才。

日后的事实，果真证实了曾老师的眼力。

那么，曾老师这套相人术是哪里学来的呢？他肯定看了不少书，相了不少人，但最重要的是积累。他常常把对人的印象记在日记里。这里可以看几则。

王春发：口方鼻正，眼有清光，色丰美，有些出息。

李廷銮：目动面歪，心术不正，打仗或可。

周惠堂：东晚坪人，充水营口官。颧骨好，方口好，面有昏浊气，色浮。不甚可靠。

毛钱陞：鼻梁正，中有断纹。目小，睛无神光。口小。不可恃。

……

如此看来，曾老师的相人之术来自平时的细心观察。

当然了，一眼就把人看死，看穿，不会有错吗？肯定有错，绝对有错，曾老师毕竟不是神仙。说不定神仙也会有看走眼的时候呢。

## 纸糊高帽子

宁夏西部影视城内,有一"文革"大院子,游人甚多。高台上有一戴高帽子低着头反剪双手之"反革命"蜡像,游人兴致甚浓,纷纷上台拍照,造型都是双手揪着"反革命",嘴里喊着口号。

押着纸糊高帽子游街,无疑是革命小将的一大趣事。

有一法学家和我说:其实,我们的唐尧虞舜时代,也有这样的刑法。那个时候,没有肉刑,只是画一些衣服、帽子和花纹特异的服饰来象征五刑,然而人民却不犯法。

细思忖,这的确是有点相像呢。远古时代没有法律,但总得要有秩序,有人不遵守,那就画些刑具以示惩罚。不一样的是,戴帽子的时代,是将法基本废除了。

所以,表面上看形式差不多,都是弄些纸糊的帽子,实质却不可同日而语。

# 宗教式规则

三亚参观南海观音，人流如潮。将要进到108米高的南海观音塑像前，要经过一段长长的桥。导游教导我们说，大家拜谒的时候，一定要从左边行，出来的时候，一定要从右边行，中间是机动车道。我问为什么一定要这样走，她说，这是拜观音的规矩。

我知道，拜观音肯定没有这样的规矩，这个规矩一定是景区为了加强管理假借神意的。很有趣的现象是，大家都很听话，自觉地左边进，右边出，似乎是怕得罪了观音。

需要达到一种正当的目的，有时不妨借用一些外在的形式，尽管这种形式有点不着调，但起码目的达到了，而且没有坏处。

# 福岛阿童木

1952年，手冢治虫的《铁臂阿童木》漫画问世，轰动日本。这个勇敢，聪明，正义，有十万余马力，可以上天入地的小机器人几乎是人见人爱。

后来，阿童木变成了电视动漫明星。可惜我小时候没有眼福看。

2004年中央电视台热播，陆地同学最爱看。

阿童木的力气不断加大，从原来的十万马力增加到一百万马力。他会超过60国语言，他能分辨人类的善恶，他的听力是正常人的1000倍，他的眼睛是强力探射灯，他还有很多其他本事。难怪陆地要着迷。

"阿童木"是日语的音译，这个词语源自英语的"Atom"，意即"原子"。

2011年3月12日，受日本大地震的影响，福岛发生强烈核泄漏，福岛阿童木终于发威了，威力无比，让人类颤抖。

善与恶，利与弊，人类总是在矛盾的夹缝中求生存。

# 名誉头衔

明朱国桢《仿洪小品》卷九中有一段趣语：宰相领使最多者，唐杨国忠，领四十余使，元燕帖木儿，领五十余使，又元人曰：我官衔半版写不尽。

我不知道杨国忠的四十余个职位，到底是妹夫赐给他的呢，还是一些民间团体拍他马屁请他兼的。但现实中这样的虚职还是不少的，一般的领导不兼三五个数十个，那就不显得重要，报载某省一副省长身兼临时机构组长之类的职务二百多个。

滥赐官爵，虚职满身，形式内容有所变化，骨子里人浮于事、华而不实的本质却一点未变。

# 散八股

散八股是指散文中的八股。

我刚当语文老师那会,最快乐的事是讲古文,最痛苦的事是讲现代散文。高中课文里,我被那些热情而华丽的散文弄得晕头转向,什么"礼赞"啊、什么"赋"啊,常常分析不到位,枯燥而无趣,我自己都不要听。

讲完《荔枝蜜》、《茶花赋》,照例布置作文。五十多个学生中,十多篇写小溪,十多篇写日出,二十多篇写松树,还有十多篇居然写贝壳。小溪还不好写吗?我们经常去玩的,松树就在我们学校后面山上长着,日出没看过贝壳没见过,这有什么关系,想象一下就是了。学生的作文像模像样,先写景,再写人,最后升华成情。有的学生说,这是读书以来写得最顺手的作文,而且感情饱满,因为用了不少的"啊"、"噢"等感叹词。

教学不成功,教学效果却挺意外。可见八股也不是什么坏东西嘛,思维格式化整齐性,简单易学呢!

# 伊芙拍裸照

伊芙·阿诺德，美国著名女摄影师。

有一年，她受杂志邀请，去拍摄好莱坞黄金时代著名影星琼·克劳馥。

克劳馥的门一打开，迎面而来的竟是她的唇，克劳馥已喝得酩酊大醉。照片拍完后，克劳馥居然强烈要求伊芙给她拍裸照。伊芙禁不住克劳馥的请求，给她拍了许多裸照。第二天，克劳馥酒醒后，伊芙当面奉还底片。

此后，伊芙赢得了克劳馥的终生信任。

舍小利往往会得大利。而且，当理智战胜利益时，道德也就得到了良好的体现。对伊芙来说，或许她根本就没有想过要拿名人的裸照去换钱。

# 向怒蛙敬礼

勾践将要去打吴国,但他还没有必胜的把握,原因之一,是他的兵士还没有完全树立起决一死战的勇气。

有一天,在行军路上,一只巨大的青蛙,鼓着大大的肚皮,双眼挑衅似的瞪着他的部队。见此情景,勾践灵机一动,趴在车子的横梁上向怒蛙致礼。将士们问为什么?越王说:我认为,这只青蛙虽然不懂什么战争,但它看见敌人也有怒气,这是在激励我们去打仗呢,所以我要向它致敬!将士们于是勇气大增,终于成就了勾践的霸业。

勾践的灵机一动和后来曹孟德的望梅止渴如出一辙。就战争而言,拼的不仅仅是实力,取得胜利还需要胜利以外的东西,谁掌握或挖掘或创造了,谁就主动!

# 匠无后人

匠人也许是农村混社会比较好的选择了。

我们村虽小,但各种匠人齐全。木匠、泥匠、漆匠、铁匠、篾匠,还有箍桶匠,走村串巷,管饭,计件或按天算工资,弄不好还有烟酒招待。生意好不好要看匠人的手艺了,但混口饭吃绝对没问题。

最近我爸和我说,现在的匠人年纪都渐渐大起来了,年轻人都不愿意去学这些手艺,以后需要这些手艺的时候,都不知道怎么办?我一想,真是啊,以后要造房子,到哪里去找木匠、水泥匠、油漆匠?

匠无后人。其实又岂止是匠?比如中医的传承危机。遗产都在抢救,诸业都要振兴,有许多事都很着急呢!

## 捋髭税

汉朝大美女秦罗敷，出门采桑，惊动了不少人：行者见罗敷，下担捋髭须。什么意思呢？路上挑着担的行人看见罗敷，顾不得生意，放下担子，边摸胡须边仔细欣赏呢。免费，不要钱，你们尽管看吧，看吧。

可是，五代十国南唐的张崇，却不这么做，你们摸胡须，什么意思？笑话我吗？那要付出代价的。此张在庐州做刺史，巨贪，百姓咬牙切齿。某日，他奉命入朝，百姓偷着乐：渠侬不会回来了吧？"渠侬"是吴方言，有"这家伙"的轻蔑意思，张崇听说此事，马上征收"渠侬钱"，谁让你们骂我呢？第二年，张又奉命入朝,庐州百姓又在传他罢官的事,但这回人们不再说话,而是在路上碰见时,捋捋胡须表示庆贺,岂料,张崇回来后又开征"捋髭钱",谁让你们轻视我呢?

渠侬钱捋髭钱,大概是中国税收史上最著名最奇特的税了。一个官员如果失去了约束,什么事都干得出来,在他眼里,百姓只是他驯服和使用的工具而已。

# 乱弹第四

空山百鸟散还合,
万里浮云阴却晴。
大弦嘈嘈如急雨,
小弦切切如私语。
座中笑声谁最多?
江州司马青衫湿!

# 顺口溜

乱翻书，抄得两条还算有趣的顺口溜。

一、前清末造，京师流行一种谚语，均暗讽有名无实：

神机营的刀枪，翰林院的文章，光禄寺的羹汤，太医院的药方，御史台的弹章，织造府的衣裳。

二、战时四川有五味俱全说：

甜内江（糖）

咸自贡（盐）

酸保宁（醋）

辣资阳（辣食品）

苦重庆（艰苦卓绝之吃苦精神）

# IMF 扶贫

以前曾看到过这样的扶贫故事：某地政府送了一批种羊给贫困户，让他们好好养，大羊生小羊，小羊变大羊，再生小羊，羊羊羊，前景很美好，不到几年就彻底脱贫了。一年后去检查，发现没剩几只了，问都到哪去了？答：养大了还不是卖钱，钱拿来还不是吃啊，不如直接吃羊呢！

这里又有一个国际版的扶贫故事。国际货币基金组织（IMF），给了非洲的马达加斯加数额巨大的贷款，要求他们用于公路建设、学校等基础设施。当基金组织官员去视察基础建设进度的时候，他们十分惊愕地发现，很大一部分资金被马国人用来建设祖先的墓地了。按照他们的思维，墓地才是最重要的。

穷的思维逻辑是，如果我们不穷，你们去救济谁？幸亏我们穷，才使你们有了施救的对象。人穷志短，放之四海而皆准啊！IMF 要充分理解马国人民！

# 安排性调研

我的《披着白布的羊》，讽刺某地乡镇干部披着白布扮羊供领导视察。有家报纸的编辑说，这个好像有点假，我们不敢发。昨天新华社的一则调查，恰好有两个情节可以佐证《披》文有深厚事实基础。

因受贿被判刑的四川省泸定县原县委书记黄文说，几年前，一领导的车队路过泸定，公路边有点垃圾没清理干净，自己立即被上级斥责："连面子工程都做不好！"于是，他连夜与县长带领全县机关干部到公路上捡垃圾，忙了一个通宵。"平时工作再好，还不如关键时候面子工程重要。"

成都市委党校教授刘益飞说，有一次到某乡镇讲课，镇党委书记告诉他下午要进行迎接高层领导来镇上调研（一周后）的第三次排练,前两次排练的效果省市领导都不太满意。这位镇党委书记还透露,省市主要领导来调研,也要事先排练。

安排性调研已成常态,不管上面的领导喜不喜欢,不管上面的领导如何突然改变调研方向,地方上总会有多套应急方案。安排性调研,安排的是自己的前程哪,谁敢掉以轻心?

# 稗沙门

新《水浒》中,鲁智深依然是大块吃肉大碗喝酒的和尚。鲁达无法无天,但并没有破坏僧人在人们心目中的良好形象。

近传某地僧人开着宝马,后备厢里装着大捆现钞外出泡妞,遂想到了《宝积经》中批评的僧之无行者:譬如麦苗,中生稗麦,其形似麦,不可分别。此时,田农会想,稗麦也是好麦,及至穗长出后,才发现不是好麦。好比和尚,在大众之中,好似持戒甚严行德甚善的人,施主见时,认为都是和尚,而他却没有和尚的德行,这样的和尚可以称之为"稗沙门"。

沙门中之稗草,真是形象极了。类推之,吏中败类,也可称"稗吏"也。

# 野猪的花边新闻

F市D镇某农户家的母猪，生下了一大窝的小野猪，一下子就成了花边新闻。媒体采访，标题很抓人，都说母猪厉害。此事也引起了林业部门的关注。

林业部门认为，野猪之类的野生动物，都归他们管，他们还说，野兔，野鸭，等等都归他们管。

农业部门认为，家猪是他们管的，这个家猪生的子女当然也归他们管了，家兔，家鸭，等等都归他们管。

呵呵，这基本上是一个难题了，各有道理，因为管理权限都很明确啊。

后来，有林业专家说，家猪生野猪之类的事，应该归林业部门管，判别它的依据就是以公为准，公的属谁管就谁管。再说了，人类的孩子不也都是随父姓的多嘛！

# 《2012》和哥本哈根

《2012》和哥本哈根最近都闹得挺厉害的。

说是有不少人在看《2012》，一般人看了也就看了，可是有些人却活学活用。有一对平时很节俭的小夫妻，看完电影第二天，女的就去商场买了平时不舍得买的东西，因为花的钱太多了，把好不容易积起来的家底都花光了，男的不干了，说日子没法过，要离婚。另一个小伙子，平时好好的，看了电影后，突然就去抢劫，他认为，干死干活也挣不了几个钱，还不如去抢来得快，反正世界也要末日了，坐牢也坐不了几年。

世界有末日，不过肯定不会是2012年。哥本哈根马拉松的气候会议就是为了解决这个末日的，怎样使末日来得迟些。

在一个不是很大的地球村里，生活着不少的村民，有穷村民，有富村民。富村民说，既然我们村里的环境已经很危险了,那我们全体村民都有责任保护好它,要出力大家一起出,要出钱也要大家一起出,穷村民也要拿出具体的数字来嘛。那些穷村民不干了,你们这些富村民是怎么富起来呢?你们赚了很多钱,却让我们一起来替你们负债,你们现在应该先拿出些钱来,搞环境整治,等我们有钱了,我们自然会出钱。于是,村民代表大会上,各派意见十分不一,结果,哥本哈根气候会议,开了十几天,有时还开到深夜,还是不了了之,什么问题也没有解决。穷村民骂富村民不出钱,富村民怪穷村民不出力。

村里的高级知识分子很忧虑地对乐子说:科学证明,我们必须拯救气候;技术证明,我们能够拯救气候。那为什么穷村民和富村民一直这么吵来吵去呢?

村长呢?村长基本就是个摆设。看来,"2012"真是不远了哎。

# 长邮箱

"0xLJB3F6C4C9D3EBCFD6BDF0B9DCC0EDzFJPJKFBCNYXJGL@mail.notes.bank-of-china.com"，有@，有bank，这一定是个邮箱，是一个银行的邮箱。

这是中国银行莆田分行的电子投诉邮箱，数一下，共有76个字符。

网民很愤怒，究竟想干嘛，是接受投诉吗？是考验人的记忆力？耐心？恒心？

网络"暴力"后，他们于是改成：fjzhfjts@bank-of-china.com。

看来，并不是什么技术问题嘛！

不看在人民的面子上，也要看在人民币的面子上嘛！

一个人的行为有时足可以损害整个行业的口碑，长邮箱就是一例。

# 程序性问候

12月1日,我刚好出差在外。一早打开手机,中国工商银行的生日祝福短信就窜进来了,哎,今天我生日呢,谢谢工行,它是我领取工资的开户行。过了没多久,曾经开过户的中信银行生日祝福也钻进来了。又过了一会,平安保险的生日祝福也送到,并且还提醒我不要忘记下一年度的车险。

我把这些祝福和同伴们一说,大家都笑了:在生日的时候,我们也都收到呢,什么大厦、什么俱乐部、什么宾馆,祝福的单位简直五花八门,只要你留下了身份证和手机,只要这家单位有营销部门,他们都会这么干。

这些生日祝福,可以称作"程序性问候",它们是事先设置好的,生日一到,群发,每天都要群发。对它们来说,基本不带感情色彩的程序性问候是次要的,让我们时时记住它们,才是最重要的。

# 粗具规模

某领导莅临某市视察。在考察某一产业集聚群时,大加赞叹,称赞该产业已达到一定规模。

第二天,领导的报道出来了,大篇幅。标题是:某领导称赞我市某产业已粗具规模。是此"粗"非彼"初"。领导一看,大怒,你们这个报纸的总编是什么水平啊?初具规模都不懂?宣传部长一听,吓坏了,赶紧传达领导意见,追查责任。一关一关查下来,问题在检校上。这是位资深检校。总编问为什么是此"粗"而非彼"初"?检校不慌不忙地说,请你们去查一下《现代汉语词典》。

总编连忙查《现汉》。只见第 213 页上写着:粗具规模,意思是略微具有规模。

总编如释重负。

看来,不仅这位领导错了,许多人都错了。其实,达到一定的水平,并不值得大书特书,只是"略微"而已嘛。

# 骗鬼

2011年清明，杭州华侨陵园推出了一项名为代客祭扫的服务，据说今年已经代祭扫了50人次。

浙江台州也出现了"代扫墓"新业务。其中台州标价400元，费用包括香、烛、纸钱、酒、菊花、台州青团3个、水果4种各3个；椒江公墓收费400元，椒江私墓收费800元；路桥、黄岩公墓收费500元，路桥、黄岩私墓收费1000元。

扫墓的流程通常都是打扫墓地，播放哀乐，然后摆上水果糕点等祭品，献上酒水，敬献鲜花，并用DV全程录下刻成光碟送给你。如果客户愿意多花钱，有的代扫墓还能披麻戴孝，磕头跪拜。

这样的生意，不知以后会不会好起来，我估计要很火还有一定的难度。有些事情，如果将它变成任务了，那就会敷衍，这种敷衍，其实就是骗鬼。你的亲人活在你心里，他或她知道你很忙很忙，知道你远在万里之外，你做什么他或她都不会知道的，你所完成的仪式只是你的内心需要而已。骗鬼，还是省省吧。

# 高稿酬

2012年的全国两会,提高三十年不变的稿酬成了一个热门话题。

其实,不是所有的稿酬都低的。

四川某地搞了个在场主义散文大赛,最高奖金30万元。浙江富阳首次设立郁达夫小说奖,中篇10万,短篇5万。因为李嘉诚赞助500万,第五届鲁迅文学奖的奖金从上一届的1万大幅度提高到5万。还是因为李嘉诚赞助500万,第八届茅盾文学奖,从上一届的5万提高到50万。

1933年,郁达夫发了个两万字的小说,得稿费1000块大洋,大约折合715两白银。换成人民币是30万,老郁用这钱在上海买了个别墅。

文字得不到敬仰,十五的月亮十六"元",是尴尬,更是对文化的漠视。提高稿酬并不能让大部分的码字家发财,充其量只是一种自尊罢了。

# 恭喜体

2011年7月29日,广州消防战士姚携炜为救跳轨者英勇牺牲,多个部门登门慰问其家人。一政府官员递上慰问金,握着姚父的手说:"恭喜你培养出这么优秀的儿子",姚父顿时愣住,半天没有说话。

恭喜体的出现,网民基本上一边倒,用唾沫水淹那官员。没人性,不会说人话,没素质,脑残,摆架子,说什么的都有。

我意揣测有三:一,例行公事惯了,做什么都没表情,有表情也是装出来的;二,遇事有些紧张,可能新上任,可能场面太凄惨,一时惊慌,如同朱军央视春晚零点报时,猴年搞成羊年;三,骨子里没有同情心,缺少对人民群众的基本同情心。我宁愿相信他是第二种。

大家都说要反思。反思什么?应该反思"反思",也就是说我们骂过后还应该认真想一下,恭喜体不好,难道悲哀体就一定好吗?问题解决了没有?为什么会不断出现问题?后一个反思应该是我们全社会都要做好的集体功课。

## 广告植入

有小学六年级家长反映，现在的广告已经植入数学题里面了。

比如：雪花啤酒厂和伊利雪糕厂相距200千米，一辆佳佳洁超市运输车和一辆达能饼干货车同时从两地相对开出，2.5小时后相遇，已知佳佳洁超市车和达能饼干车的速度比是4比5，两车每小时各行多少千米？

真是太聪明了。不动声色，又是孩子们比较关注的产品。

按照这样的思路，我也可以仿照一下：小明看一本叫《病了的字母》的书，第一天看了全书的1/9，第二天看了24页，两天看了的页数与剩下页数的比是1比4，《病了的字母》共有多少页？

有钱可赚的地方，人们的行为举止都不怎么规矩呢！

# 道德罚款

洛杉矶市长最近倒了霉。据《洛杉矶时报》报道，维拉莱戈萨市长已经接受加利福尼亚州历史上数额最高的"道德罚款"4.2万美元，以支付他在5年任期中34场活动的免费门票。

作出这项调查和裁决的是，加州公平政治实践委员会和洛杉矶市道德委员会。维市长觉得很冤，这些活动都是主办方邀请他去的，他是市长啊。可裁决方却不完全这么看，他们认为，这些活动中并不是每一件都重要到"纪念性活动"的程度。而且其中至少有12项活动，是维不该以市长身份出席的。

这个判决委员会大约想表达的是，政府官员就是要公平地处理各样事务。人家请你出席你就去啊？他们就是想打着你的旗号去做对他们有利的事情呢？你红包没收不等于你没得利，说不定你以后会得利的；你东剪彩，西宣布，北指示，南强调，纳税人的钱就是让你干这些的吗？

# 面包的属性

《60年60部法律》,有一节写到1990年出台的《残疾人保障法》,细节很有意思。

第七条"社会责任",第一句话是这样的:全社会应当发扬社会主义的人道主义精神,理解、尊重、关心、帮助残疾人、支持残疾人事业。

这里"人道主义精神"前面加"社会主义的",当时争议很大。

一部分人认为,人道主义前应该加上"社会主义的"定语,我们本身就是社会主义国家嘛,我们对残疾人的帮助,正是社会主义的温暖体现;另一部分人则完全反对,《人民日报》原总编秦川尖锐而诙谐地说:如果说,人道主义有资本主义和社会主义之分，那么是不是还有社会主义的面包和资本主义的面包之分呢？

虽然分歧很大，但全国人大法律委员会还是决定在人道主义前加上"社会主义的"五个字。

可现实中，一方有难，世界支援，资本主义支援我们，我们也支援资本主义。人道主义果真没有资本主义和社会主义之分呢。

2008年4月，修订后的《残疾人保障法》，将人道主义精神前面的"社会主义的"删掉。

# 尴尬的"流氓"

28年前。海南万宁。C某喜欢上了一个女孩，某次强行拥抱。女孩报警，C某逃脱。正巧"严打"，C某被当地警方以流氓罪立案。于是，外逃的C被列入"在逃犯"名单。

28年后，新一轮"追逃行动"中，C某落网。不料，现实情况却是，"流氓"嫌疑人C某已经和那女孩子结成夫妻，还生有两儿一女，生活幸福而安逸。

虽然群议纷纷，而且，C某涉嫌的"流氓罪"早已废除，但有一点却是确定的：警方程序没有错，他们要完成指标，逃犯一日不抓，谁也无法销案。

这确是一部绝好的现实主义题材剧，让人五味杂陈，喜剧感极强，更能反映一段已经尘封的历史。

# 红名单

我是中国移动的 VIP 客户，目前享有这样的待遇：有专门的客户经理，在机场可以去移动贵宾室享受上网及茶饮点心，还经常会有各类免费讲座、活动的通知。当然，还有数不清的电话，要求买这购那的，因为，我被出卖了，卖到了各地各部门，什么房地产、汽车、各大银行，都把我当作 VIP。

这几天，我看到了一个"红名单"的消息，清楚了个中的细由。说是广州市民杨先生，像我一样不堪其扰，就把手机的营运商告上了法庭，要求认定对方侵犯个人隐私权。没想到的是，营运商的律师说，已经将原告列入"红名单"了。什么是"红名单"？"红名单基本上是省市领导级别的人。"

噢，应该祝贺杨先生，他从此后基本可以信息无扰了。可仍有担忧：要是我们大家都学杨先生怎么办？那不是断了他们的财路？

# 后厨小黑板

章丘市区汇泉路上，靠近章丘文化中心，有家小饭店。饭店的后厨有块小黑板。某天，小黑板上的菜单是这样的。

张某某：金宝银，苦瓜；马主任：不要内脏菜，海参要活的；法院：海参要清汤；安委：不吃海鲜，多上肉、花生米；税务局：清汤高压参；李局：来上米饭一碗。

大酒店有大酒店的气派，但太招眼，弄不好纪委的录像机在哪个角落候着呢；小饭店有小饭店的招数，小饭店未必烧不出好菜肴。领导也并不难侍候，有的时候，只要你摸清规律，掌握嗜好，很容易对付的。

另外，小饭店的敬业精神值得大酒店认真学习！

# 公鸡生蛋

有位热心读者向一家媒体报料说,城北有家地下诊所,在卖一种神奇的中药:只要怀孕没超过49天,吃他一包中药偏方,肚子里的孩子就算是女孩也能变成男孩。还说吃这种药有讲究,要和白毛公鸡一起食用。这位读者又说,这家诊所在当地很有名气,他的老乡们都听说过,有的还上门配过药,不过因为孕期超过49天,最后没配成。

中医专家说话了:无稽之谈,生男生女在受精瞬间已成定局。不过,第三代试管婴儿可以决定孩子的性别。

忽然想起同类趣事。

袁子才《新齐谐》、纪晓岚《阅微草堂笔记》皆载有"公鸡生蛋"之怪闻。有人认为,这种事情虽然罕见,但也是人力可以造成的。还像模像样地介绍了原理:择一漂亮肥壮之雄鸡,置笼中,让一群待嫁发情之母鸡围在笼外,使之相近而不能相接,久之精气抟结,自能成卵。听听似乎有点道理,不知道这个是不是有点儿科学成分?

# 鸡棚标语

得闲回老家休假。村里转转。转至一山口，见一竹林掩映中有一用标语围着的鸡棚，外面的标语红艳艳，里面的公鸡悠哉哉。转了一圈把标语读全："坚决打击偷税漏税行为，全力维护市场经济秩序。"心想，某某太贪小了，竟然把标语偷来养他的鸡，弄点竹子编编不是很好嘛。

正好某某来了，便问他，这标语哪里来的？某某笑笑说：街上多的是，活动来了挂上去，活动结束扯下来，二三百块一条，他们很大方，一挂就是几十条，非要把大街挂红了。我从垃圾筒里捡的，看看还结实，就用来圈鸡。见我疑惑，又说，你再转转，村里都这样。于是再转转，果真有好多，用处差不多，只是标语的内容不太一样，最搞笑的一条是："把我镇的招商引资工作落到实处。"我想想很切题啊，养鸡不也是招商引资吗？

如果镇领导知道他们热衷的标语还有这样的用途，说不定年底总结的时候还可加上一条："最大程度服务三农，使资源效益最大化。"

# 姜文的江湖

《让子弹飞》首映式，全球的。估计是要到百老汇啊什么映一映的。

葛优，姜文，周润发，挨个出场。

台下坐着冯小刚等等。

然后是重要演员。四个男演员，每个人都在表态，感谢，还是感谢，中心思想是，没有姜文导演，就没有他们。然后是女嘉宾四位，都是圈内的，齐齐赞美，除了赞美，还是赞美。再上来一位中影公司的领导，还是赞美。

最后上来一位成龙，说是推掉两个广告赶来赞美的。成龙对姜导说，你那张写给我的白条，还有用吗？姜导豪气地说，当然有效，我欠你一部片子嘛。

姜文的电影江湖，真的很江湖啊。

冯小刚的江湖是这样吗？张艺谋的江湖是这样吗？陈凯歌的江湖是这样吗？不知道，估计差不离。

江湖是讲道理的地方吗？肯定不是！

# 骗子的智商

一位朋友在饭桌上说了件他儿子抓骗子的事，和赵本山2010年春晚的小品有得一拼。

孩子上小学六年级。一天，他在新华书店看书。正看得入神，有个陌生男子凑过来问：小同学，你知不知道世界环保日是哪一天啊？孩子说不知道。陌生人就对孩子教育了一下，并且告诉他6月5日是世界环保日。陌生人紧接着开展攻势：你愿不愿意为环保做点贡献呢？当然愿意啊！结果孩子就捐助了50元钱。

孩子捐完钱，冷静一想，不对啊，我们以前捐款，怎么得也要打一条横幅，不可能只有一个人啊。计上心来，孩子于是和陌生人说：你不要走，我去叫些同学来捐。

孩子跑到门口，打了110，把事情告诉了警方。

等警察到了新华书店，那个陌生人还在傻等着"同学们来捐款"呢。

一帮人笑笑说，骗子这种智商，也敢出来混？

# 领导签字规则

做过湖南临湘市副市长的姜宗福,在他的《我的官样年华里》说领导签字的规则:

如果字是横着签的,意思是"可以搁着不办";如果是竖着签的,则要"一办到底";如果在"同意"后面是一个实心句号,说明这件事必须"全心全意"办成;如果点的是一个空心句号,百分之百办不成,拿领导的话说是"签了字也是空的"。字怎么签?原来是早有约定的。

什么都有潜规则,领导签字大约也算一种吧。中国文字不仅可以多样表意,更是一种不可多得的权力工具,奥妙得很。

# 卢展工求职

卢展工，河南省委书记。

2010年1月7日。上午9点多。展工先生视察了焦作人力资源市场。在就业局用工服务部窗口，他拿起一张广告公司的招聘表，仔细一看，要招两名媒体发展代表，还没有年龄限制。于是，他就和工作人员说：你打电话问问看行不行，我59岁了，姓卢。

拨通了电话，对方以"年龄太大了"为由拒绝。

展工先生好像还没有碰到不行的事，于是要求工作人员再打电话："你就说他有一定的社会关系，能拉来一定的项目。我年龄虽然大，但经验很丰富，我与媒体联系很多，看看他们要不要。"

"很遗憾，对方还是拒绝了。"

看得出，卢有点失望，最后有点"自嘲"地说："呵呵，59岁，人家不要。"

# 律师的想法

昨日参加某律师协会的活动。律协在介绍全年的工作时,谈到了一个现象,说有些律师非常喜欢加入民主党派。

有人问为什么?律协的人说,很简单啊,民主党派比较容易出人头地,出面的机会反而多。

于是不是话题的话题引起热议。

有人说,哪里只是律师啊,其他行业也是这样的。

于是接着有人说,民主党派有这么多的机会,不是挺好嘛!

哎。机会。机会!

# 毛泽东1957年的理想

中国共产党新闻网有趣文很吸引人眼球：1957年4月，毛泽东对苏联老大哥伏罗希洛夫说：我不想干了，太复杂，你转告赫鲁晓夫同志，我想退下来当教授。

毛泽东有很多这样的理想。

他曾许诺：我辞去国家主席后，有空闲可以给《人民日报》写点文章。

他还对人说：如果让我选择职业的话，我愿意写杂文，可惜我没有自由，写杂文不容易啊！

布衣我很高兴啊，这也是我的理想呢。我现在就兼着两所大学的教授，有空可以和学生吹吹牛皮；我现在有闲也给《杭州日报》写点文章；我现在写的大部分是杂文，我有自由啊，我觉得写杂文很容易啊！

哈哈，毛泽东在北京做主席，陆布衣在杭州做平民。一个是历史，一个是现实，瞎比比的，不要当真。

# 脑子进水

某厅长有个好习惯，早晨上班，一坐上接他的车，他就会仔细翻阅秘书准备好的报纸，司机也会把他爱听的广播频率调好，到了单位，所有新闻该了解的都了解了，一点都不耽误。

某天，仍然是按习惯进行。突然，广播里的主持人在说一则他们单位的事，这件事他一点都不知道，更可恶的是，这个主持人居然骂这个单位的厅长脑子进水！

到了单位，他拎起电话就责问分管这家广播电台的上级：你们的主持人，凭什么骂我脑子进水？你们见过脑子进水的吗？脑子哪里进水？我请你们和我一起到医院去检查，如果查无实据的话，我要控告你们！

一触就跳，一摸就叫，某些官员的屁股是不那么好摸的。对于他们来说，什么东西都可以进水，政绩进水，能力进水，就是脑子不能进水！脑子进水，电路板肯定受潮，继而会接触不良，绝对是劣质产品了！

# 李咏的玩笑

《幸运52》节目中,李咏念出一道题:"秦腔的别称是什么?"接着,李咏缓缓说出了答案选项:"1.碗碗腔;2.高腔;3.乱弹。"就在选手考虑答案的空隙,李咏突然微笑着询问现场观众:"有没有陕西人?"台下一名小伙子随即挥舞手中的号牌致意。李咏接着说:"俗话说得好嘛,八百里秦川尘土飞扬,三千万懒汉高唱秦腔。"这句篡改过的俗语立即引起台下一片笑声,而看到如此"笑果",李咏也情不自禁大笑。受主持人"幽默"玩笑的影响,选手选择了"高腔",却被李咏告知正确答案是"乱弹"。

俗语"八百里秦川尘土飞扬,三千万老陕齐吼秦腔"改了几个字,却惹了大麻烦。

陕西百姓不高兴了,这不是歧视是什么?难道俺们都是懒汉不成?就像有些地方挂着横幅"谨防河南小偷"引发众怒一样,难道小偷只河南有?难道河南人只会做小偷?显然也是歧视。

也许有些人习惯了这样的歧视,也许有些人根本就不认为这就是歧视。互相打打趣,就如赵本山的小品,一贯拿农民逗乐,将农民的缺点和不足无限放大,将农民的无知和丑陋无限夸张。

没有消息证明李咏是即景生发。如果不是即景生发,那一定是事先有了准备。即景还可以原谅,如果是策划,那就不太应该。我相信,《幸运52》剧组里可能没有陕西人,李咏和他的制片夫人一定不是陕西人!

# 任务诉苦

老爸十八岁参加工作正是土改的时候。

有次闲聊的时候问他,那时什么工作最难做。划成分啊,划成分最麻烦。为什么呢?谁有多少财产不是很清楚的嘛?地主、富农、中农、贫雇农。不是这样的。就说划成分前的诉苦运动吧,就大伤脑筋。

起初我们布置诉苦任务的时候,农民不了解诉苦的目的,我们也没有全面而准确掌握政策和执行政策的能力,于是就不那么顺利。干嘛要诉苦啊,直接分田不就得了吗?事实是,如果没有足够的氛围,我们的目的就不能很好地达到。但实际诉苦时,很多群众都是三言两语讲完就走,还怕得罪人。效果不明显,必须另外找人。有次找了个小贩来诉苦,结果是,这个小贩日子很好过,一月能赚几百斤大米,还有个小老婆。

有时候,当什么都变成任务了,事情就开始变形了。过去是这样,现在还是这样。

# "少儿政府"

前有童子军，现有少先队。长沙某小学最近却出了个"少儿政府"。

这群八到十岁孩子组成的"政府"这样构成：一位市长，两位副市长，还配有纪检委、法院、公安局、美德银行、卫生局、体育局、旅游局、交通局和广电局9个部门。市长主持全面工作，两位副市长各分管四个部门，各部门还设有副职和干事。

交通局长具体干什么呢？负责检查每天课间操上下楼的秩序，卫生局长制止不讲卫生的现象。由此推断，法院院长应该是管纠纷的，公安局长应该是负责抓人的，当然是不听话的抓到老师那里,估计是。

大家看出来了,原来是搞了个噱头,我想应该是大人们搞的噱头。"市长"不就是大队长吗?记者问"市长":你更喜欢哪个职位?当然是市长了,这个职位很有分量,很有面子。

不知道是大人们情结太深还是调侃社会?难道是孩子们很成熟了?

权力是最好的催情剂,不知道这届"少儿政府"的"官员"走向社会后,这个情会被催得怎么样。想不出来。

# 屎票和尿票

粮票。布票。肉票。糖票。烟票。各种各样的票，我基本都见过和用过。但粪票和尿票是头一次听说。

腾讯网上公布了几张粪票和尿票的样张：

1、开封市大粪票：壹立方，过本月二十五日作废，遗失不补，一九七 年 月；

2、襄樊市王寨人民公社粪管站：粪票，每票五担，按月取粪 过月作废，取粪带票 撕掉作废；

3、最高指示 农业学大寨 凭据付清尿壹千市斤整 成都市清洁管理所；

4、市清单生第字 113398 号 凭据付清尿伍百市斤整 成都市清洁管理所。

网友一片哗然，有的居然说是旧社会的产物。看样子，有些历史是不能忘记的，虽然仅仅过去了几十年。

## 思我则嚏

如果谁喷嚏不止,有人就会说:是什么人在说你呢。我以为这只是我们民间的无稽之谈呢,不可信。

不想,这种说法还有悠久的传统。《诗经·终风》里说:寤言不寐,愿言则嚏。郑玄的解释是这样的:我有忧愁啊不能入睡,你想到我的忧愁,我就会打喷嚏!

如果喷嚏是一个很好的传感器,那么,它除了传递思人念人的功能外,肯定还会这样:某某坏人,坏到流脓生疮,坏到千刀万剐,千夫指万民咒,那该坏人会不会喷嚏得气喘不过来?

喷嚏从远古一直打到现今,该坏人什么事也没有。

啊七!啊七!谁又在说我呢?

# 送你一个吻

看过一本叫《延安风情画》的书，里面有一节讲工农干部和女知识分子因生活经历情趣和差距而弄出的笑话。

一位女知识分子结婚后，给丈夫写了封信，信的最后说"送给你一个吻"。丈夫收到信问警卫员，她给我送的东西在哪里？警卫员说没有看到她送什么东西哎，丈夫说她信中写的送给我一件东西怎么没有？一再追问，警卫员没有办法，找到懂文化的干部，不禁大笑，丈夫也觉得不好意思了。

工农干部执著而倔强之形象栩栩。明明有吻送嘛，怎么可以没有呢！

# 贪官指标

山西省前几天决定，他们准备废除反贪数量指标。

其实说仅仅是山西有这个指标，非常不确切。有报道说，有关部门关于反贪污受贿工作考评内容有十余项，其中一项是以前三年立案侦查案件数量为基准比较办案数量的升降，并规定升降幅超5%的，根据上升或下降的案件数量，给予一定的加分或减分。

有指标会是怎么样的结果呢，当然有好的结果，更有不好的结果。谁也不想和指标开玩笑，谁和指标开玩笑，谁就是拿自己的前途开玩笑，你见过有谁拿自己的前途开玩笑的吗？

抓贪官指标和以前的捉老鼠尾巴指标、消灭麻雀指标有相同的地方吗？

还有什么指标是可以废除的呢？

# 刑期怎么算？

前几天，本地通报一批工程建设领域大案，不少媒体还详细列有一张表格。下面这张表格，布衣研究了好长时间，不明白的是，受贿的金额和刑期到底如何挂钩？又询问了法律专业人士，回答也是含糊得很，只是说具体情况具体分析。

疑问一：同样副厅，受贿相差三倍，刑期只相差一年多。

疑问二：同样正处，一个240万14年，一个1699万15年。

疑问三：同样科级，1896万是无期，27万却要11年。

究竟是什么原因这么悬殊？是因为不同的地方不同的法院不同的法官不同的律师辩护还是别的什么原因？实在是不明白，真的是不明白，大大的不明白，估计被判刑的人也不明白。

# 选举

有研究专家认为,"选"和"举"的本义,就是金钱和酒食。有书为证:

选:与锾通,货贝名,古代所谓金钱万选者。

举:盛宴也,《周礼》有"王月一举",意思就是以牲作馔。

近日,大规模的村级选举已经结束。一乡干部告诉我,选举前,各村每天夜里狗们都叫个不停,人们频繁串门。两委会班子一选完,村里又恢复了往日的宁静。

某老板挨家挨户送名片,说是选上了就凭名片去拿米和油;某人花了200万选上了村主任,干了几天,发牢骚说太累,90万贱卖掉算了!

# 意见箱

朋友某自驾游回来,说了路上很多的新鲜事。

说有一次在北方某地的加油站加油时,服务人员态度极不好,他就随手写了点意见,因为他看见路旁有"意见箱"挂着那里呢。等到他去塞意见时,发现意见箱"听不见意见",那只是一块金属板,正面漆成意见箱的模样,背面是空气。

国人的智慧再一次充分显现。有将秃山用油漆刷成绿色的,有披着白布躲在羊群里装羊的,有——这一切都是为了迎接检查,上有政策,下有对策。弄虚作假有市场,层层有假,都是因为假了有好处,别无他解!

## "高档"臆想

开奥迪A6。经常进五星级宾馆。在著名商厦购物。这样的人有钱吗？肯定有钱。

一个28岁的小伙子却很委曲地说，我真的没钱。他还深夜跑到派出所，要民警证明自己没钱。

原来，他是给老板开的A6，他是替老板到五星级宾馆做业务，他是陪老板朋友到著名的商厦购物。

可人家都说他有钱，都说他中了500万，都说他会装。

于是他半夜跑到房东那里说，有人要暗算他，他睡不着觉。

民警分析说，可能他每天的"高档"行为让他产生了臆想，而且是比较严重的臆想。

这算是疾病吗？如果这算是病，那么这种病会不会烧坏人的脑子？烧得很坏很坏？

# 与神谈判

到五台山，一定会到香火极旺的五爷庙烧香。那天我们去的时候，时间虽早却已人山人海。急性子的人一下车就买香，不由得你不买，因为香客们一下将人围得死死的：便宜便宜，30元一把。反正也要买，买就买吧。到了里面，没买的人还得买，同样的一把却要120元了。求神来的，一定要表示真诚，咬咬牙。

冒着红点的香很容易烫着人的，只能高高举起。管理的僧人催促着求神的人们：每人只要点三根意思意思就行了，其余的丢在边上，赶紧赶紧。都说这里很灵光啊，不多求点怎么行呢？那些管理人员一边在呵斥，一边在收集。有香客就不满意了，别把这些又拿出去卖吧？

距今1300年前，据说有超过1000个以上的洞窟。那些洞里满是5到11世纪人们画的画，这些画大部分是求神的人画的。为什么在那个上面画呢？彼时彼地估计没有五爷庙的香火，但人们来求神的时候，基本都有要求的：要保佑我什么什么。想想看，神要保佑的人太多了，如果没有特点的话，老人家有时可能就要忘记。怎么办呢？那就加深印象。看看那些画在上面的心愿就知道了：如果我骑着骆驼去喀什／如果我能得子／如果我能继承遗产——那我将出钱资助一个新洞。大部分求神的人都是凡夫俗子，他们只能用这种世俗的语言来表达。

　　一般的结果是，得到心灵的慰藉，许多事也就成了，不去求也会成的，但当初和神谈判过的，了了心愿，一定要去还愿。否则神是要怪罪的。

## 这个酒里有小便？

一美国客商有次到绍兴考察，当地政府很热情，许多官员陪同他到处参观亮点。

某天，到了绍兴著名的黄酒企业参观。那阵势，把美国人震得，场面大极了，尤其是那些大大的发酵缸，一个个排列着。

自然要请美国人尝尝酒厂最好的酒。望着黑乎乎的浓浓的优质黄酒，美国人试探性问陪同官员：这个酒里有没有小便？大家吃了一惊，不可能有小便啊！见众人惊愕，美国人笑笑说，他刚刚看过张艺谋的电影《红高粱》，那里面做酒就是用小便的嘛！

美国人向中国传输的是思想和文化，中国人向美国人传输的是落后和愚昧。不怪人家的！

# "争先创优"联谊会

年底的一天下午,杭州凯悦酒店开会,一标语吸引了我:争先创优联谊会。

一干人群,报到,嬉笑,问候,发礼品,然后聚餐。喧哗。觥筹交错。杯弓蛇影(我这是形容酒喝得东倒西歪时的情景)。

边上有人也很纳闷:这个联谊会为什么叫"争先创优"呢?

我说,这大概有几种情形:一是各种各样的名称都用过了,实在想不出什么新名词;二是争先创优是新活动,而且这个单位的领导说不定就比较重视争先创优;三估计确实是争先创优搞好了,而且搞得很成功,联谊会是为了庆祝争到了先,创到了优;四是猜想:单位办事员来请示用什么名称搞联谊会,办公室主任正看着报纸,见头版有一行粗黑标题"某某争先创优活动初见成效",就用"争先创优"吧,紧跟形势!

# 治庸办

武汉市政府下面又一个新机构诞生了。这个新机构名为"治庸办",顾名思义,就是专门治理庸和懒的办公室。

新成立的"治庸办"随即和媒体联手了一次"治庸"。果不其然,庸事连连:14个职能部门共发现了不良工作作风现象29起,如上网玩游戏、迟到早退、擅离职守、串岗闲聊等等。

数百个部门,几千上万人的公务员队伍,靠数个人的办公室能治理得过来?照这个思路,业务繁多,以后肯定还要设"治懒办"、"治散办"、"治拖办"、"治推办",直至"治庸办之办"之类,因为"治庸办"治久了也会疲劳,也会懈怠,这就需要治理了。

"治庸办"治庸,风气纵然一时刹住,却绝不能治本。治理人浮于事的根本就是拆庙,没了庙,人们不仅不必烧香,和尚们也不用辛勤撞钟了。

# 猪们为什么摔断了腿？

某著名湖区搞旅游，许多沿湖农户都要拆。补偿的原则是灵活的，就拿房子来说，有新旧的不同，有结构的不同，有装修的不同，有地段的不同，所有的不同都会造成补偿金额不一样。

事先得到消息的于是大肆装修，装修之道最便捷。一些农户甚至连猪圈都铺了大理石，很漂亮气派。一个奇怪的事情发生了，一连几天，乡里的兽医每天都往农村跑，原因是，大理石太滑，猪们很不适应，好几头猪都生生摔断了腿！

钉子户，寻死觅活的，就会多拿点，这似乎是各地的惯例了。谁让你与民争利？把我们拆了，补我们一万块钱，你却卖三万块钱甚至更多？猪受罪，只是政策多变造成的恶果之一罢了。

# 武夷山的胖鱼

武夷山九曲溪漂流。人头攒动，在鱼食水枪斗笠的叫卖声中，排队大约一个多小时后才上得竹筏。鱼游嬉戏，游客争相撒食，不时和鱼亲密接触。我们都很羡慕，这里的鱼都是野生的，一定鲜美不得了！哪知筏工淡淡说了句：野鱼不野了，九曲溪的鱼都是被你们喂大的，闹，那么大的红眼将军鱼，胖得很，不好吃。

忽然想起，峨嵋山的猴子，好多都患有高血压、高血脂、高血糖，经常容易感冒，猴王连性趣都减了很多，主要原因是游客给它们的食物太丰富了。

肯定还有很多动物或生物被人类宠坏了的例子，不胜枚举。

九曲溪的鱼有可能会越来越胖，直至撑死老死。真是可惜了那一溪的野鱼！

# 摆果闻香

美容高手慈禧太后不仅仅会美容,还非常注意美容的环境。我估计她的摆果闻香嗜好就是为了给自己创造一个良好的美容环境。

光绪二十三年,慈禧和光绪帝、隆裕皇后三人所消耗的鲜果清单是这样的:

苹果158320个,秋梨111750个,棠梨77300个,红肖梨53295个,柿子2275个,文官果2400个,石榴310个,甜桃4344.5筐,酸桃302.5筐,樱桃429筐,李子920筐,杏694筐,沙果491筐,槟子770筐,葡萄16385斤,鲜山楂16663斤,核桃、栗子、红枣、黑枣、白果、榛子、晒山梨、英俄瓣共计2356石7斗7升5合7勺。

是鲜果批发市场还是道德上的作死?随便你评论好了,反正说的都是事实。

## 梁天开店

梁天自己说他是梁家最没出息的一个,我看也是。他比不上他爸,他爸是中国最大报副主编,比不上他妈,他妈谌容是我最喜爱的作家之一,也比不上他哥,梁左是喜剧才子,更比不上他妹,梁欢是北大才女。

这个小梁。

但小梁夫人的脑袋瓜还挺灵(足见他没出息)。小梁和葛优、谢园一起开了个影视公司,他做董事长兼总经理。公司开业那天,小梁在公司大门口放了个纸箱子,里面有买办公用品的十几张发票,任来宾"摸奖",谁摸到哪张发票,就按票面上的数额买单,最倒霉的冯小刚,不幸摸到了老板桌发票,3000元哎。小梁说,这个主意是他夫人出的。

机巧中凸现笨拙和纯真。有的时候,在搞笑和戏谑中反而能有趣地显现友情。

# 小确幸

标题是一个短句的强行搭配，小确幸，微小而确实的幸福。这是日本作家村上春树的发明。

小确幸大概是我们人生的常态，每个人都有自己的小确幸。我今天的小确幸小列如下：早上睡到六点醒；开车上高架居然畅通；到单位很顺利地找到停车位；下午一下子收到三张稿费单；参加一个重要会议，领导居然没作要求；手机没有收到推销短信和电话；下班回家居然也找到了车位。

如果你有兴致，每天列举一些自己的小确幸，那你人生的细节绝对会丰富而多彩。虽然，你的小确幸对别人来说微不足道，这无关紧要，因为它终究是自己的小确幸！

# 埃斯库罗斯之死

公元前458年的某天。希腊爱琴海岸。著名悲剧作家埃斯库罗斯，光头锃亮，正沐浴着舒适的海风。突然，天空中一只巨鹰，叼着一小乌龟，向埃斯库罗斯头顶俯冲下来。也许是巨鹰将作家光光的头颅当作岩石了，它要将龟壳摔碎吃肉，结果，乌龟砸中埃斯库罗斯的脑袋，那充满着戏剧灵光的光头就这么轻轻地倒地了。

外国文学课老师在课堂上讲这个情节的时候，我基本不相信。我不相信著名的埃斯库罗斯就这么死去。可老师说，偶然，偶然，如果砸中2500年前的一个普通人，那我们就听不到这样的传说了。

也许，任何小概率事件，一旦和名人相连，都会成为历史故事的。

# 泡妞宣言

我在丽江的樱花酒吧门口,徘徊了很久。我不是去喝酒的,我是去抄"泡妞宣言"的,我怕被他们赶出来,所以拿了个小本子,边窥边抄,有点像地下工作者。

现录几条聊供娱乐:

要用有限的生命去泡无限的妞;泡妞要物质文明和精神文明两手抓;全世界的男人都是武松;一切美女都是纸老虎;泡妞中出现的问题要靠妞来解决;泡妞跟泡菜一样,要靠火候,时间短了,太酸,时间长了,太卡。

用仿拟的格式,吧主肯定是想制造艳遇城市的氛围,虽然大家都知道打的是擦边球。因为他们卖的不是啤酒,卖的是快乐。

噢,不要想歪了,原来他们只是推销啤酒而已。

# 一枚铜钱的血案

宋朝人张咏做官崇阳时,一案振天下。

一名吏卒从府库中出来,张见他的鬓发下夹有一枚钱币。张于是追问,吏卒承认是府库中的钱。张于是命令杖打他,吏卒突然说:一枚铜钱算什么?还要打我!你只敢打我,却不敢杀我!

张拿起笔写下判词说:一日一钱,千日千钱,绳锯木断,水滴石穿!写完,拿着剑走下台阶,斩下吏卒的头,然后向府衙自我弹劾。

吏卒的蛮横想来是建立在他熟知律令的基础上,不会因为一枚钱而开除我,并判我的罪,公家的钱拿这么一点真的不算什么!张咏的胆量也是建立在合理推理基础上的,想来你已不是第一次了,日积月累是个普遍的道理。一枚铜钱的血案,空前,但不会绝后,许多为钱而亡的历朝历代贪官都证明了张咏行为的正确性。

# 洪秀全的太平

考试屡次考不好，于是找个理由造反，自己建立国家，享大福，最后失败。这是我脑子中的洪秀全。我总想的一个问题是，为什么就这样失败了？李自成也是，洪秀全也是。

2006年夏，我去广东花都洪秀全的纪念馆，拜谒过天王的像。2011年夏，去南京时特地去了天王府，天王的点点滴滴又不断闪现在脑子里。

我其实并不相信沈懋良的《江南春梦庵随笔》，据说是部伪书，但他的一些情节实在太吸引人：洪的后宫，王后娘娘下面还有爱娘、嬉娘、妙娘、姣女等16个级别，共208人；24位王妃有姹女、元女待7个级别，共960人；还有王宫内的女官1200人，简单加起来，天王的后宫居然有2300多人！1864年，天王之子洪天被俘时有个口供说：我16岁，老天王是我的父亲，我有88个母后，我是第二个赖氏所生，我9岁时就给我娶了4个妻子。

　　洪天王应该是被他自己打败的。面对八方危险，竟然奢侈至极，一点也不逊于哪个封建帝王。他以为天下真太平了呢？！

　　在历史的真实镜子前，人们只会留下慨叹和惋惜，啧，啧啧！

# 后记：焰段 ABC

虽是微杂文叙事，但这个后记有几层意思要表达，啰嗦一下，还请您再忍耐一会。

## A. 火焰段

《焰段》起初的时候叫《艳段》。我很坚定地认为，这是最适合我微杂文集的书名了。

照例会有人说我是在弄噱头。还确实是这样。这一回，我从戏曲里找到了结构。

以前我在读元杂剧的时候，对那些个生旦净末丑，还有杂剧的一些结构，一向很关注，我写实验文体专栏的时候，甚至用了杂剧的结构。我想，有一天，我一定要用一下戏曲的结构。

所以，一开始看到"艳段"这个词时，脑子就停在那里了：这不正是替我的微杂文集取的书名吗？"艳段"，也叫"焰段"，宋杂剧、金院本中较为简短的剧本，可以单独演出，亦常用作正剧演出前的一场。元陶宗仪《南村辍耕录》说：取其如火焰，易明而易灭也。

　　因此，《艳段》有三层意思：一，像火焰一样，很快就燃完了，你读一下，一般也就几十秒的时间；二，虽然一下就燃完了，但它也可以单独演出的，也就是单独成章的，微杂文，也是杂文嘛，不管我有没有表明观点，它都有比较明确的指向性；三，当然您也看出来了，我是在打擦边球，"艳段"，你想干嘛，不会全都是黄荤段子吧？怎么可能？！您想到哪儿去了？！

　　然后，我很有信心且自得地照例在一些范围内征求意见，《艳段》还是《焰段》？各有人赞成，皆各有理由，一位老兄甚至说：哎，应该让出版社先期炒作一下，用新闻的形式，征集读者的意见，让读者来投票书名，来个出版前的预热。最后，我想还是庄重一点文学一些，用《焰段》。

　　变成《焰段》后，又多了一层意思：焰，光亮，锋芒，这不正是杂文所需要的吗？有了《焰段》的统领，200来个段子就容易分类了。

科诨第一,就是插科打诨的简称。它自然包含谐谑逗乐的语言和滑稽可笑的动作。

宾白第二,二人对语曰宾,一人独语叫白,这里都是一些明白易晓的段子。

皮黄第三,西皮二黄的合称,这里指的是刚劲激昂,活泼明快的章节。

乱弹第四,白乐天《琵琶行》里的高潮部分,嘈嘈切切错杂弹的那种,速度快而疾。

当然,我这不是科学著作,分类什么的并没有非常严格的内在标准,只是感觉是这一类就可以了。一向如此。

B. 微杂文

无意中赶上了"微时代",凑了"微"热闹,真的不是有意的!
我把《焰段》当成我"NEW 杂文系列之一种",也算是一种创新吧。

  周作人先生好像和我们说过，儿童绝不是未成熟未长大的大人，正如女人不是男人一样。他们各自占有着独自的世界，这个世界你也可能理解，你也可能不理解。

  同样的道理，微杂文和一般的杂文也是相对有别的，它应该有自己的结构，绝不是把长文删节了后的短文。详见"C小实验"。

  《焰段》里的文章，也不是集中一段时间写成的，它像《病了的字母》和《新子不语》一样，前后跨度也有数十年。我的微杂文的微，要远远早于微博的微，只是有了微博的微后，我就想着，杂文的微也是可以做成一本书的。

  什么样的杂文才算微杂文？这应该让研究者去定义，我说不好。

  我脑子里大致是这样框定的：字数肯定不长，几十字，数百字，都可；结构肯定也要相对完整，但这个完整主要是意思的体现上，而不一定起承转合都要具备，也就是说，可以有叙有议，也可以只叙不议，不议的原因是事实的本身已经比较能清楚地表明观点；当然还要适合阅读，现在手机阅读很方便，那么，这个微杂文应该是很适合它的，一屏，最多一屏多点就解决问题了。

我甚至还这样想：如厕的时候，应该最方便阅读微杂文了。您在正常生理排泄的同时也进行着思想的排泄，唰，一段，唰，又一段。如果这样的段子让您生理和思想都很畅快，那就是《焰段》最大的荣幸了！

### C. 小实验

我一定会为自己的微杂文寻找一些理论根据的。

我做了个简单的小实验，将自己一篇原载《文艺报》的近作进行删节，看看能不能变成 200 字的微杂文。

《我们为什么迷失了回家的方向？》

国庆长假回来，大家兴致勃勃地交流。比较多的一个话题是，出行路比较难找。车多了，出行的人自然也多了，新手更多了，大家都自驾游，路自然难走。各个城市的交通广播台，效益都很好，市台好，省台更好，效益好的原因不是说那些个电台水平特别高，而是它每天每时都在播送实时的路况，广告商不傻，听的人多了，自然乐意下单了。

路难找，很正常，全国都一样。一城又一城，城城像欧洲。大干快上，一年小变样，三年大变样，一个城市你一段时间不去的话，绝对会迷路，瞧，我们的延安路又半道封闭了，据说要修到明年呢。不瞒你们说，我开车五年不到，却换过两个GPS，主要原因是GPS找路找不到，不是找不到，而是找不准，我要去A，却找到了A1，基本不准确。你知道的，我们下班都踩着点，路上又堵，有时堵到绝望，哪里是马路啊，不就是停车场吗？一来一去，就迷失方向了，等你找到时，人家已经宴开半席。如果你是主角，更麻烦，一桌人都要等你；如果你是配角，领导到了，你却慢腾腾，你以为你是谁啊，把领导放在什么位置嘛。

话题又引出了新话题。一位领导很感慨地说，我说一个你们想不到的，说出来都难为情，我回村的路都找不着了。大家都笑了，那是你不回家的缘故。领导连连声辩：你们冤枉我了，我是孝子，经常回家的。这次回村找不着路，是因为，村里在大搞建设，尘土飞扬不说，整个就是一个大建筑工地。

回家的方向都会迷失，为什么会迷失呢？为什么有很多人迷失呢？大家若有所思，似乎是听出了其他的寓意。

这确是一个很有趣的话题。我感兴趣的不是物质迷失，而是精神迷失。说得尖锐点，是因为过分地恋物而造成的精神迷失。

精神上的迷失，是一个很大的哲学命题。从大的层面讲，涉及价值观人生观，从小的层面讲，一个人如果精神迷失方向，麻烦事也会不少。

我没有到过印度，但看过不少关于印度的书。新闻联播中常见印度人坐在火车车皮顶上一路前行，还很快乐的样子。听说印度的火车票就有卖"挂票"的，大概就是挂在车厢外的那种票。印度最严重是贫富不均，还有等级森严的门第制度，这个真是世界少有的。朋友印度回来和我津津乐道：印度的老百姓，不管生活在何种状态下，心态都是平和的。为什么会这样呢？因为有一根"圣"线在牵掣着他们。牵是牵引，他们为了某个信念而持终身；掣是制约，那根"圣"线在时时制约着他们。当他想往牛奶里掺三聚氰胺时，他会看到佛的眼睛在瞪着他，这种丧天良的勾当，我们不能干的；当他想把地沟油炼成食用油时，他也会望见佛在遥远的天上盯着他问：你自己会吃这种油烧的菜吗？自己不会吃干嘛要给别人吃呢？这样的句式可以一直问下去，如果认真地问了，我们现实生活中那些在道德线、法律线上游走的违法乱纪的事，基本上不会发生了。

实事求是地说，印度的"圣"线也不见得都是灵丹妙药，可以包治百病的，但它至少告诉我们，有信仰而形成的自觉，是一件好事。

我们为什么会迷失精神的家园呢？个中重要原因就是对物的过分贪恋。先哲却这样告诉我们对待这个物：要懂得修养自己，看轻身外世界。

把天下看轻，精神就不会沉重，把万物看小，内心就不会惑乱。

尧帝有皇宫吗？没有的，他的住所，椽子粗糙，不加砍削，柱子简单,柱顶甚至都没有方木。他吃粗粮做的饭,喝野菜烧的汤,穿的是布衣。当时的富裕之家住着华丽的高台层榭,吃着珍奇怪异的食品,穿着绣花衣服,狐白皮衣。尧和他们比较,就是简单如苦行僧般的生活。这样对待自己,对待生活,把天下都看轻了,他还有什么可以留恋的?于是,他把整个天下都传给了舜。尧传位以后,就像卸下挑着好几千斤重的担子,就像退到坐榻脱去鞋子一样简单,人感觉非常舒服。

现在,再让我们做个有趣的实验。

在庭院里,有一盆水,因为受到了泥土的搅浑,我们要让它澄清,用了多少时间呢,差不多要一整天。经过这么久的时间,还未必能照清楚我们的眉毛和眼睛。再尝试一下搅浑,我们只需用一根小小的棍子,轻轻地在水面上划一个小圆圈,小小的震撼波马上激起一层层的涟漪,就看不清楚方圆了。

如此说来,人的精神容易浑浊而难以清明,就如同这一盆水。而现实社会中,来搅浑水的棍子岂止是一根两根?它来自整个的社会!如果没有强大内心力量的坚定,是很难保持片刻宁静的。

这就是说，人与生俱来的本能，耳目对于声音、颜色，口鼻对于芬芳气味，肌肤对于寒热冷暖，从感受上是一样的，但有的人神明气爽，有的人不免于痴狂，这是什么原因呢？这是因为他们对本能的控制不同。

　　所以，精神是智慧的池塘，池塘清澈，智慧就明朗，智慧是心灵的府库，智慧平正，心灵就平和了。

　　孔子"饭疏食饮水，曲肱而枕之，乐亦在其中矣"，吃着粗菜淡饭，饭后两手很悠闲地托住头部躺下去，把自己的胳膊肘当枕头小睡一会。这样安贫乐道、超凡脱俗的生活，一般人是很难做得到的，但我们是否可以把它看成一种境界，一种简约的有节制的人生观呢？

　　我们不能依赖上帝的信仰来抚慰我们，我们只有通过自己的智慧认识世界的真相，并通过思辨来寻找生命的意义。

　　先哲循循善诱，我们却很少人听得进去。因为有的人只相信自己的GPS，自信得很。

　　回家的路总归是找得到的，无非是要花些周折而已，特别是那位领导回村的路，肯定会修得比原来光滑，但是，人生道路上是不容许出现周折的，如果迷失方向，七拐八弯，如果时间都花在找路上面，那么，我们的人生估计只会剩下悲哀了。

变身后的微杂文

### 《精神家园的迷失》

一位领导很感慨地说，国庆回家，回村的路都找不着了。

大家都笑了，那是你不回家的缘故。领导连连声辩：你们冤枉我了，我是孝子，经常回家的。这次找不着路，是因为，村里在大搞建设，尘土飞扬不说，整个就是一个大建筑工地。

回家的方向为什么会迷失呢？大家若有所思。

这确是一个很有趣的话题。我认为这不是物质迷失，而是精神的迷失。说得尖锐点，是因为过分地恋物而造成的精神迷失。

先哲告诉我们这样对待物：要懂得修养自己，看轻身外世界。

所以，精神是智慧的池塘，池塘清澈，智慧就明朗，智慧是心灵的府库，智慧平正，心灵就平和了。

从实验的结果看，形式上的微杂文有了，可我自己觉得，这并不像微杂文，原因是缺少了一些有机联系，显得干涩，寡味。

所以，我的微杂文基本不是缩减了的长杂文，而是认认真真去构思，把它当成杂文之一种去练习的。我只能说是练习，因为谁也没有定义过，只能是摸着石头过河。微杂文集，就我的视野看，好像还没有发现。

所以，理想中的微杂文，应该是这样的：叙事简练而生动，结构精短却完整，思想深邃有张力，杂七杂八显魅力。

这当然是我的努力方向。

### D. 边角料

不可否认的是，《焰段》里的确有许多是边角料构成的。

一直不断有人劝我开微博，微博的好处自然不用说了，不过，我仍然没有很高的兴致。既然没有很高的兴致，那就是勉强，如果勉强了，一定不会去认真打理，不认真打理，我武断地认为不会有什么好结果的。

当然，不开微博还是怕，怕没什么内容好写。我一年也就写个几十篇文章，这些文章，如果用观点概括一下，就是几十个字，如果把这些都用作微博了，那我再到哪里去生成思想？

因此，将边角料弄成微杂文，题材的视野一下子宽阔起来了。看着喜欢，就会关注它，大材料关注的人太多，我只关注零的小的细的碎的，只要那边角料里还可以磨出些料。

怎样看待边角料，自然也是见仁见智。就如我以前做记者一样，同一件事情，我发现不了新闻，新华社的记者一来就发现了好多新闻，原因就是视野不一样，敏感度也会不一样。因此，我的边角料，古今中外，天文地理，鸡毛蒜皮，我都很珍惜的。

从这个角度说，这样的边角料是无穷无尽的，这也不排斥以后我还会再出类似的微杂文集。和别人比长比大比不了，我还不能比短比微吗？！

呵，呵，牛溲马勃，敝帚自珍，聊以自慰罢了！

E. 微感谢

虽然是微，仍然离不开您的关心和支持。

特别感谢著名的漫画大师、台湾的蔡志忠先生。我非常喜欢他禅理佛味十足、教人向上向善的漫画。蔡先生热心地为《焰段》选择了四幅禅画作小封面，并特地作禅画赠我，披裹绯红袈裟，大鼻子，络腮胡，低头闭目，这个对世界万般思考的悠闲佛陀，自在得很，我非常喜欢，使本书大为生色！做成书签，读者也一定喜欢！

感谢责任编辑杨婷、设计师杨鑫，我们三度顺利和谐合作，对二位的敬业和创新再次表示感谢！

问为斋
壬辰年五月初一

图书在版编目（CIP）数据

焰段 / 陆春祥著 .——上海：上海锦绣文章出版社，2013.3
ISBN 978-7-5452-1210-5

Ⅰ . ①焰… Ⅱ . ①陆… Ⅲ . ①故事—作品集 – 中国 – 当代
Ⅳ . ① I247.8

中国版本图书馆 CIP 数据核字（2012）第 312310 号

| 书　　名 | 焰段 |
|---|---|
| 著　　者 | 陆春祥 |

| 责任编辑 | 杨　婷 |
|---|---|
| 特约审读 | 王瑞祥 |
| 装帧设计 | 未　氓　刘德祥 |
| 责任督印 | 张　凯 |

| 出　　版 | 上海锦绣文章出版社·上海故事会文化传媒有限公司 |
|---|---|
| 发　　行 | 上海文艺出版（集团）有限公司 |
| | 地址：上海市打浦路 443 号荣科大厦 1501 室 |
| | 电话：021-60878676 |
| | 　　　021-60878682 |
| | 传真：021-60878682 |
| 印　　制 | 上海文艺大一印刷有限公司 |
| 版　　次 | 2013 年 3 月第 1 版　2013 年 3 月第 1 次印刷 |
| 规　　格 | 889×1194　1/32　8.125 印张　插页　2 页 |
| 书　　号 | ISBN 978-7-5452-1210-5/I·405 |
| 定　　价 | 30.00 元 |

版权所有·侵权必究

故事会文化传媒有限公司　　出品（00447）www.storychina.cn

上海故事会文化传媒有限公司所有图书可办理邮购，免收邮费（挂号除外）
汇款地址　上海市南绍兴路 74 号（200020）　收款人　上海故事会文化传媒有限公司
联系电话　021-54667910
如发现本书有质量问题，请与印刷厂质量科联系　　T：021-64511411